ひとりの道をひた走る

つれづれノート㊺

銀色夏生

角川文庫
24132

ひとりの道をひた走る

つれづれノート㊺

2023年8月1日(火)
〜
2024年1月31日(水)

8月

8月1日（火）

今日はサクに手伝ってもらって畑の作業。全面的に伸びている入り口斜面や通路の草を草刈り用トリマーで刈ってもらう。

私は土の中に木や葉っぱを埋め込んで作る菌ちゃん畝を2本作るために草刈り鎌で上に生えた草を刈る。庭の剪定《せんてい》で出た枝や葉っぱを持って来て、サクに掘ってもらった穴に入れる。今日はここまで。

小さなスイカが3個できてた。一番大きなのは直径8センチぐらい。無事に実ればいいなあ。去年までは、できたスイカはすべて雨で割れてしまった。

汗だくになってシャワーをあびる。

数日ほど前から、たぶん剪定中の草負けで顔と首がかゆい。ひっかいたところが赤く腫《は》れている。水ぶくれになっているところもある。草負けとかカミソリ負けとかで数年に1回ぐらいこうなることがある。アレルギー反応を起こしたみたいになって化化《か》膿《のう》して、一度ひどくなってしまうと10日ぐらいは治らない。困った。

夜は畑のバジルで作ったジェノベーゼパスタ。

8月2日（水）

顔がかゆい。

朝食は明太チーズトースト。

サクは1泊で一人旅へ。鹿児島の海で釣りしようかなと、釣り道具を探しに物置小屋へ。籾《もみ》貯蔵缶を見つけて、「あれなに？」。

「籾を貯蔵する缶。大きいの買いすぎた」

私はハンモック椅子にゆられながら保冷剤で顔を冷やす。すぐに融《と》けてしまうので何度も取り替えに行く。どくだみとびわのスプレーがあったことを思い出してつける。

顔がかゆいと何もやる気になれない。

でもやがてじっとしていられなくなって、2階のテラスに出てモッコウバラとカロライナジャスミンの枝の整理をした。夢中になって絡まっている枝を切る。

暑い。

顔がかゆい。汗をかくとますます。

夕方、畑に行ったら、いちばん大きなスイカがなくなっていた。あれ？

まわりをみると残骸《ざんがい》が転がってる。何かの動物に食べられたんだ…。あーあ。

それから、オニヤンマ君の水色の目が1個、取れてなくなっていた。

8月3日（木）

早めに寝たら夜中の2時に目が覚めた。かゆくて眠れない。お腹もすいている。起き上がってごはんを食べる。4時まで起きていた。

こんなにかゆくなってしまったらもうダメだ。朝一で病院に行こう。顔が熱い。

9時に近所の小さな町医者へ。車はサクが使っているので自転車に乗って走った。

マスクが必要ですと言われ、10円で買って入る。

数人のおじいさんおばあさんが待合室にいた。名前を記入していたら最初の方に母の名前が。

うん？

見ると、一番前のソファに座っている。

「なにしてるの？」と聞いたけど要領を得ない。私は「草負けしたの」と話す。

どうやら定期検診の血液検査のよう。「カーカちゃんたち元気？」と聞くので「うん。元気元気」と答えた。

私の番だ。

「草負けしました〜」と状況を説明する。目のまわりもひっかいてしまったところが赤くなって腫れてしまった。おじいちゃん先生は何を言ってるのかよく聞き取れなかった。子どもの頃の私を知っているそうで、「こんな小さい頃」と3〜4歳ぐらいの背の高さを手で示し、懐かしそうに昔話をされるのでしばらく会話する。飴《あめ》を舐《な》めておられたようで途中、ペッと手に吐き出してゴミ箱に捨てていた。

「解毒の注射を打ちましょうね」と言ってるみたいだった。

塗り薬と飲み薬ぐらいかなあ、注射だと早くていいんだけど…と思っていたのでうれしい。早くこのかゆみから解放されたい。

看護師さんに先導されて向かった部屋にはベッドがたくさん並んでいて4人の老人たちが寝て点滴を受けていた。

私も好きなところにどうぞと言われて左右に誰もいないベッドに横になった。まず注射をされてから、次に点滴の袋2つ。

えっ？　点滴するの？　と驚く。

「どれくらい時間がかかりますか？」と聞いたら「1時間ぐらい」だって。

そうなんだ…。心の準備ができていなかった。まあ、今日は用事がないからいいけど。

しばらくすると両脇のベッドにも人が来た。おばちゃんとおじちゃん。最初にいたおばあさんが終わった。仲よく喋《しゃべ》っていたおじいさんふたりに、上手に手をひらひらさせて踊りながら歌を一曲歌って聞かせてから帰って行った。なかなか上手な歌と踊りだった。

隣のおばちゃんとポツポツしゃべる。

「庭の剪定で草負けして…。梅雨明けの伸びきった枝を木の下に潜り込んでバサバサ切ったんです。長雨があけてうれしくて」

「虫も多いしね。…休みなさいっていうことよ」

「はい」

かぶれだけは私も昔からどうすることもできない。これがでたら早いうちに休もう。無理するとこじれる。

飲み薬や塗り薬をもらって家に帰ったのは11時。

午後は静かに過ごす。

夜8時、サクが帰ってきた。数センチの小さな鯵《あじ》を2尾持って帰ってきた。

「素揚げにしよう。頭と内臓を取ってくれる？」と私。

「うん」

「できるの？」

サクがさばいてるあいだ、今朝の病院の話をする。明日《あした》、草千里《くさせんり》を見に行きたいというサクのリクエストに応《こた》え1泊で阿蘇《あそ》に行こうかと言ってたけど、そういうわけだからやめようと話す。万全の体調の時に行きたいから。

でもかゆみがだいぶ治まっていることに気づいた。よかった。

まな板を見ると、鯵が3枚に下ろされている。しかもボロボロ。

「え？　3枚におろしたの？　頭だけ取ったらよかったのに。豆鯵のから揚げにしようと思ってたよ」

「そうか」

でも片栗粉をまぶして揚げたらふわっとしててすごくおいしかった。ぜんぜん生臭くないし柔らかい。

「おいしいね。骨もおいしいよ。3枚におろしたからカリカリになってて食べやすい」

「今度は全部持って帰る」

全部で10匹釣れたのだそう。青いのやいろいろ。4匹ぐらいは猫にあげたんだって。

寝るころになってまたかゆくなってきた。ちょっとかいたらますますかゆい。いけない。薬をぬって、飲み薬を飲む。

8月4日（金）

今日は王座戦の挑戦者決定戦。相手は豊島《とよしま》九段。これは見たかった。

早朝、刈り取った草や剪定《せんてい》枝を細かくしてフェルトバッグに詰める。畝作りに使おう。蛇のビー助が脱皮した皮がからまった枝があった。ビクッとする。

サクはまた魚釣りに行った。今日は私のおすすめ、鹿児島県の北西にある長島《ながしま》。いいのが釣れますように。

ゆっくり家仕事をしながらチラチラ将棋を見る。

かゆみはかなり治まった。いや〜、よかった。本当によかった。サクが持ってきたピクミンを少しやってみる。少しやって、もうやる気が収まった。

夜はピーマン、ゴーヤ、椎茸《しいたけ》の肉詰め。

サクが帰ってきた。結局、米《こめ》ノ津《つ》の港で釣ったそう。小さな鯵、鰯《いわし》、何かわからないぬめりのある魚を計9尾持って帰ってきた。何かわからない魚は猫も食べなかったという。調べたら柊《ひいらぎ》の葉っぱに似ているから名づけられたヒイラギという魚だった。

塩で何回かぬめりを取って、まわりにある刺はキッチンバサミで切って、油で揚げた。刺があるから猫が食べなかったのだろう。

今日もどれもおいしかった。ふわっとしてて。

将棋は緊迫した中、藤井《ふじい》竜王・名人の勝ち。これで王座戦の挑戦権を獲得。

8月5日（土）

ゆっくり起床。

サクが桜島《さくらじま》の軽石をお土産に買ってきてくれてた。これはかかとの角質取りかな。

畑の作業を少し手伝ってもらう。暑くて、ちょっと動くと汗びっしょり。

サクは今日の夕方帰るので、途中、温泉に入って晩ごはんを食べようと言う。

うーん。私は最近、外出も外食もしたくない。でも考えた末、白鳥《しらとり》温泉の上の湯に行くことにした。雨模様で山の上では霧も出ていて貸し切りだった。

次に地鶏《じどり》のお店へ。サクが頼んだ牛タン定食がおいしかった。焼肉のように自分で焼いて食べる方式。私は黒豚のセイロ蒸し。こちらは野菜が多くてお腹いっぱいになった。最近は小食なので外食は難しいなあ。

そのまま空港へ送って帰る。

8月6日（日）

雨が降ったりやんだり。台風の影響か天気が不安定。こちらに向かっているそうだ。畑に出る。

菊芋やカボチャの葉がかなり傷んでる。風のせいか？

ひょうたんはなぜか先端が枯れていた。小豆《あずき》の鞘《さや》が茶色くなっているので収穫する。

今年のゴマは小さい。去年はすごく大きかったのに…。

枝豆は虫にやられたみたいで全滅。トマトはいくつか立ち枯れてる。ピーマンはまったく大きくならなかった。きゅうりは1本、ズッキーニは3本しかできなかった。

さつまいもは元気だけど小さい。今年の夏野菜はあまりできなかった。

家に帰ってごはんを食べる。自分で作ると好きなものを好きな量だけ食べられるからいい。外食はできればしたくないなあ。

午後は北側の花壇に小石で道を作る。ずっと前に置いた石が埋もれていたようで土の中から出てきた。ふたたび掘り上げて並べる。いい感じ。

ひさしぶりにいつもの温泉へ。ホッと落ち着いた。

8月7日（月）

朝。いい天気。

のんびり起きて庭を回る。

ふと目に入ったモッコウバラの花壇でゆるゆると剪定枝整理。短く切って置いたり土に刺したり。

お盆過ぎまでは暑いのでゆっくりしよう。炎天下では作業しないように。

これからやりたいことは、庭の土中環境を改善することと畑の畝の整理。畑の畝数を少なくして作業しやすくしたい。野菜はたくさんの量を作らなくてもいいということがわかった。少数を丁寧に作ろう。

昼間。雨が降ったりやんだりしている。

庭に出て少しだけ作業してはひっこむ。

家の中にいて、庭や木のことをいろいろ考えていた。

西側のフェンス脇に自然に生えてきた木。もう幹の直径が6〜7センチにもなっている。フェンスのギリギリ。種がすき間に落ちて生えたようだからこのまま大きくなったら土台を割ってしまうだろう。

何の木だろう。あの葉っぱ。もしかするとケヤキかもしれない。近くのブルーベリーの根元にも出ていた。ケヤキということは…。調べたら大木で、20メートル以上になる。ケヤキ並木ってあるよね。葉が西日を遮ってくれていいと思っていたけど、そういうことなら今のうちに切ってしまわないと、と思った。

ムシムシと暑いけど、チェーンソーでそこだけ切ってこよう。

よし。

上の方の枝はフェンスをくぐって外に飛び出していた。まず上を切って、それから根元。慎重に。ブーン。汗だくだ。

幹は半分に切って薪《まき》に。葉っぱを見るとやはりケヤキだった。この根元からまた新芽が出てくるだろうから気をつけて管理しよう。

何年も先のことを考えて庭作りをしないとなあ…。

8月8日（火）

台風6号がゆるゆると近づいてきている。

雨が降ったりやんだりの中、今日も西側の木を剪定する。トキワマンサク、アベリア、ドウダンツツジをかなり大胆にばっさりと切った。
切った枝を表に移動する。こんなに大きかったのかと驚く。

午後、髪の毛をカットしに行く。今日も15分で終わった。帰りに買い物。

前にビーツのスムージー用に買った種なしプルーンをなかなか食べないので、チョコがけにしようと思い立つ。お菓子作り用のチョコはたくさんある。前にチョコがけを作った時にテンパリングしなかったので白くなってしまったから今回はやらないと。初めてのテンパリング、うまくいくだろうか。温度を計りながら温めて冷やしてまた温めるということだが、面倒くさい。なので勘でいく。コンロの鍋《なべ》で湯煎《ゆせん》しながら溶かして、冷やし、また鍋に戻す。いいだろう。そこにプルーンを入れてチョコをまわりにかけてキッチンペーパーに並べていく。私はこんなふうに等間隔に並べる作業が大好き。チョコが余ったので、さっき摘んだブルーベリー、クルミ、冷凍庫の刻み生姜《しょうが》でも作る。

しばらく冷やしてから味見。ブルーベリーのチョコがけがすご～くおいしかった。これはいい。みずみずしくフレッシュなブルーベリー。おいしくて手が止まらなくなった。

タヌキの侵入はやんだと思ったら、小道にフンを発見。また来たか…。悲しい。見ると、網が切られていた。ここから入ったのだろうか…。

温泉に行くと人はまばら。温泉と水風呂《みずぶろ》を行ったり来たりする。明日《あした》来るという台風のことを話す。今回はどうだろうか。

いちじくの鉢と野菜の苗を玄関前から家の中に避難させた。

雨の音が続いている。

夜は美容院で見た雑誌にシュウマイが載っていて食べたくなったのでシュウマイ。スーパーにシュウマイの皮がなかったので春巻きの皮を買った。4つ切りにして作る。

8月9日（水）

昨夜から雨がすごい。昼間もずっと。

冷凍していたカレーに焼き野菜をトッピングして食べる。

昼の12時に雨雲レーダーを見ると鹿児島の西の海を北上中。夜には北の方にぬける模様。台風の目のあたりはかなり広範囲にぽっかりと雲がない。あの穴の下に行きたいわ。

「土中環境」の本を読んだり高田宏臣《たかだひろおみ》さんの動画を見る。このごろはずっと見ている。よかった言葉。

「本当にいい森はどこまでも遠く向こうまで見える」

「人間はもっと進化しなくちゃいけない。今の時代はなるべくマイナスなことをやらないで、未来、もっと賢くなった時のために残しておかなきゃいけない。その時に価値の分かる次世代の人間がここをちゃんと使って欲しい。そのために僕らは未来に残さなきゃいけないんですね」

庭の改善、畑の手直し、やりたいことがいっぱい。早くやりたい。いてもたってもいられなくなる。雨は変わらず強い。ちょっとだけ庭を見ようか。外のスリッパが濡《ぬ》れていたのであきらめた。

台風が過ぎたらいろいろやろう。

小腹が空《す》いた。春巻きの皮があるから春巻きを作ろう。じゃがいもを茹《ゆ》でて、ポテト明太子春巻を3本作る。

今日は終日雨で家の中に閉じ込められている気分。

8月10日（木）

朝。畑を見に行く。

スイカ…、割れてた。雨を吸って。いつも割れてしまうなあ。アリがたかってるけど、悔しいので持って帰って、洗って、きれいなところだけを切り取って食べてみた。薄く赤くなってて薄く甘かった。

雨が降ったりやんだりなので、今日はトマトの冷製カッペリーニを作ろう。あの間違えて買った細い麺《めん》で。ミニトマトは自家製じゃないけどしょうがない。バジルも使って、参考動画を見ながら丁寧に一生懸命に作った。うん。まあまあおいしい。

いつも行くガソリンスタンドで先日キャンペーンチラシをもらったのでガソリンを入れに行く。今日、プレゼントやくじ引きがあるらしい。楽しみ。

やはりいつになく混んでいる。そこに突然の豪雨。

そしてなにもなく終わった。

あれ？

不思議だな…と思い、このまま去ることもできず、車の中からチラシを振って見せる。するとお兄ちゃんが豪雨の中、走ってきた。雨に濡れながら、「くじは台風で延期になりました」という。なんだ。最初に言ってくれたら…。

帰り道。車が多い。明日から連休だし、お盆だしね。

川沿いを走る。川を見たら水かさが増していた。色は黄土色だった。

これからしばらく、16日まではゆっくりしよう。お盆休みだ。

8月11日（金）

晴れ。

菌ちゃん畝作りの続き。枯れ葉を撒《ま》いて土をかぶせる。暑い。もわっとした熱気が地面から立ち上ってくる。

8月12日（土）

小豆《あずき》を鞘《さや》から取る。粒は小さい。さて、どんな味かなあ。

今日も快晴。

畝、マルチをかぶせて完成。それから草をすこし整理する。今年の夏野菜はあまりよくできなかったので今は草がのび放題。休ませているところ。今後は畝の数を減らして、野菜もたくさん作りすぎないようにしよう。

庭に移動してつる性の植物を剪定《せんてい》する。10年以上たっていて幹も太くなっている。地際からバッサリ。葉を少しずつ切り取っていたら蜂の巣を発見した。おお。しばらく離れよう。

そのあいだ、北側の道ぞいの石垣の草取り。これも1年に1回やらないと。雑草や雪やなぎ、シダなど大きいのを刈り取る。容《い》れ物いっぱいになった。重いのをよいしょよいしょと畑に持って行く。

昼は冷製パスタ。今日はジェノベーゼ。

午後は2階のテラスのモッコウバラとカロライナジャスミンの剪定枝を細かくして袋に詰める。炎天下で暑かった。

温泉に行ったらすごい人。子ども連れが多くて賑《にぎ》わっていた。カランもやっとひとつあいてた。

あの果物をたくさん育てている方がいた！

近づいてまた果物の話。あれからパッションフルーツとキウイ、黒いちじくの苗を買いました〜と報告。果物さんは、グアバを買ったそう。そしてアーモンドの木も植えているそう。話を聞くにつれ、とても広い土地でたくさんのものを育てている印象を受ける。

スイカが雨で割れましたといったら、スイカと瓜《うり》はたくさんあっていつもお風呂《ふろ》上りに食べてるそう。雨を吸わないように高畝にして根っこのまわり1メートル四方をビニールで覆っているという。へー。

「あの…、お花は？　お花はどうですか？　私は庭と小さな畑をやってて…」

「お花も育ててますよ。今年はケイトウと、あの、丸くてたくさん分かれてる花…、なんだっけ」

「松虫草ですか？」

「ううん。あの…、名前が思い出せない。ああ、時間だわ。また…」

と出て行かれた。何の花だろう。気になる。ヤグルマギクかな。

果物さん、また話を聞きたい。

夜は豚肉の梅シソ蒸し、ピーマン炒《いた》め煮、キャラブキ、味噌《みそ》汁。味噌汁の具はこぼれ種でできた大根、なす、かぼちゃ。

味噌汁はずっと研究中だが、最近なんとなく自分の好きな味がわかりかけてきた。

8月13日（日）

今日もいい天気。でも夜中に雨が降ったようで地面が濡れていた。

今日も庭をやろう。畑も少し。

一生懸命作業して、汗びっしょりになって3回もシャワーをあびた。

夕方、温泉へ。今日もお客さんが多かった。

さっぱりとした気分で家に帰る。


ショック！

いつものようにガレージの扉をリモコンで開けてバックで入庫しようとしたら、右から車が来るのが見えたので急いでアクセルを踏んだ。すると、シャッターが上がり切る前に車を入れてしまい、ドーン！

あわてて降りてシャッターを見ると、端っこがぐにゃりと曲がって50センチほどレールから外れてる。車は、角の黒い部分がこすれてるけどあまり目立たない。うう…。しまった。あわててしまった。

悲しく、しょんぼりと、家に入る。一応兄に連絡する。

8月14日（月）

朝、道路ぎわの草整理。

石垣にへばりつくヒメツルソバをビリビリとはがしていたら軽トラがやってきた。兄のセッセと母しげちゃんだった。

「ここ、ここ」とシャッターの破損個所を見せた。

「うわあ〜、こりゃひどいや」とセッセが驚くので、聞きたくなくてヒメツルソバはがしを続けた。修理できたらしてあげようと思ったようでバールなどが荷台に載っていた。

ひとしきり見て、こっちにやってきた。

「かわいそうだから草取りを手伝うよ」

しげちゃん、セッセ共に道路ぎわの草刈りを手伝ってくれるという。それはうれしい。ここの草取りはあまり好きじゃないので。

暑い。

草も取り終え、セッセがどこかに行ったので、しげちゃんと庭の椅子に腰掛けて休む。水も飲んで庭を一周する。

草取りをしながらスイカの話がでたので、お礼にスイカと水ようかんを買ってあげようと思った。指の関節の痛くなったところを見せて、「ここが痛いんだけどどこういうことってあった？」と聞いたら、「関節が痛くなったことはあったけどいつのまにか痛くなくなってたわよ」って。そう。だったらよかった。5月からだから4ヵ月目なのにまだうっすら痛い。でも確かに痛みは弱くなっている。

セッセが迎えに来た。

車はほとんど無事だし、私にケガもなく、不幸中の幸い。よかったと思おうと話す。

「あとでスイカと水ようかんを持って行くね」

シャッター会社に電話したら出なかった。お盆休みかな。家を建ててくれたいつものタテヤマさんに電話してみる。自分の方からも連絡してみますとのこと。

午後、剪定枝を細かく切る作業。日陰でも汗がぽたぽた。

買い物へ。明日《あした》から将棋だから食料を買いだめする。スイカと水ようかんも。

帰り道に水車が3つも並ぶ家があって、お店ではなさそうだけどどこかの会社の社長さんの家かな…と赤信号の時にぼんやり見ていたら、家の前の台に「無農薬野菜です。ご自由にお持ちください」と書いた紙と野菜が！

ええっ！　今、畑に野菜が少ない私にはありがたい話。目を凝らしてじっと見ると、ゴーヤ2個、きゅうり2個、ピーマン2個ぐらいが見える。

どうしよう。この先で車を停めてもらいに行こうか。各1個。でも…車が多いしなんだか面倒くさい…。車が少なかったらなんとなく気楽にもらえるんだけど。今日はいいか。いつか近いうちにまたここを見てみよう。

帰りに道でセッセとばったり会ったので、さっき買ったスイカと水ようかんを渡す。

家の中でいろいろ。

タテヤマさんから電話が来て、「明日の午前中にシャッター修理の人が応急処置に行くそうです」とのこと。

ああ、よかった。すごく時間がかかるかもと思っていた。やはり専門家に任せるのがいいわ。昨日はパニクって、自分で直せないかとペンチを持ち出してみたりもしたけど手が出せなかった。

なんだか安心して温泉へ。

今日は空《す》いていた。途中、私ひとりだけの時もあり、ゆっくりと瞑想《めいそう》気分で浸《つ》かる。

8月15日（火）

今日から王位戦第4局。場所は嬉野《うれしの》、和多屋《わたや》別荘。

早朝、車を道路わきに移動してガレージの落ち葉掃き。ふと石垣のツタが目に入ったのでついつい剪定《せんてい》作業。8カ所も蚊に刺されてしまった。モッコウバラの花壇にまたお煎餅《せんべい》のようなキノコが！ 今日は3個も。

ひさしぶりに将棋の対局を眺め、ホッとする。藤井七冠の将棋の対局日が私の休日のようになっている。対局日だけは何もしないで家にいる。

タテヤマさんとシャッター修理の方が来た！

説明する。曲がってしまった下のプレートを切り取って外し、巻き上げてもらった。これまで19年ほど使ってきた（半分ぐらいはここにいなかったけど）。使用回数が1万6千回とのこと。だいたい1万回ぐらいでモーターの取り換えを勧めているらしい。破損部分だけ取り替える、モーターも含めて取り替える、モーターとシャッター全面すべて取り替える（新しい部分と古い部分では色が変わって見えるので）といういくつかの見積もりをだしてもらうことになった。もう取り替えどきかもしれない。最近、閉まる時の音が大きくなっていて気になっていたし…。

午後は将棋を見ながら時々庭に出る。

今、味噌汁の出汁《だし》の研究をしていて、だんだん好きな味がわかってきた。

その流れで注文したものが届いたが、見てびっくり。大きすぎた。枕崎《まくらざき》の花カツオ500グラム、香川県の伊吹《いぶき》いりこ500グラム、利尻《りしり》昆布500グラム。いつも買うのより5倍ぐらいでかい。充分に使い切らねば。

夜。思いついて、お風呂場《ふろば》で2メートル四方のセンターラグを洗う。お湯をザーッとかけた時にちょっと後悔した。あまりにも重すぎる。持ち上げられない。でも4つ折りにして粉せっけんを振りかけて、どうにか洗った。お風呂のふちにヨイショとかけて、明日、外に干そう。

小豆《あずき》が110グラムほどできた。小粒だけど。煮小豆を作ろうと思い、煮始める。

ハワイのマウイ島のラハイナの火事のニュース映像を見る。あら〜。前に行ったところだ。

8月16日（水）

朝早く起きて、庭を散歩。

それから昨日洗ったラグマットを外に干す。ひと晩水を切ったけどまだ重かった。今度から洗濯機で洗おうっと。

煮小豆にふたたび火を入れる。なかなか柔らかくならない。硬くはないけど、形がしっかりしている。でもこれでよしとして、食べてみる。おいしかった。少量採れたものを大事に食べるとすごくおいしくて満足感がある。小豆を自分で作ったってことがうれしい。

今年のゴマは去年のように大きくならずとても背が低い。それでも収穫できたら大事に食べよう。

庭の木々の仕立て直し。

剪定して、枝の流れが見えるように。枝の形が目でたどれるように。「大地の再生」の矢野《やの》智徳《とものり》さんの言葉や「土中環境」の高田さんの言葉を時々思い出して、庭の改革に夢中。楽しさで胸がいっぱいになる。

私は今、今後の人生の計画も同時に描いているところ。庭と畑と人生の流れが一緒になって、束になってうねり、ワクワクとした絵が描かれつつある。

将棋は佐々木《ささき》大地《だいち》七段の勝利。うれしかった。佐々木大地七段にも勝ってほしかったから。現地に来ていらした師匠の深浦《ふかうら》九段の深いまなざし。

庭のいちじく（ホウライシ）、初収穫。フレッシュ。おいしい。うん？　でもちょっとまだ早かったかな。

経験値や根本の価値観が乖離《かいり》してると、双方に悪気はなくてもトラブルは起こるなあと思う。どんなふうに乖離していたのかってことが、それに気づいた時にしかわからない。最初は、言葉だけでは、自分なりの解釈をしていて気が合ってると思ってしまうよね。現実社会ではこういうこと、すごく多い。

8月17日（木）

朝から外塀の道路側の掃除。

細かい草を取りながら、繁殖しすぎたヒメツルソバやツタを取ってまとめて置いといたのを畑に移動する。7つの山になっていたので7回往復した。近くで工事があって、そのトラックや警備の方がいたのでやる気をなくさずにすんだ。同じように一生懸命に働く人が近くにいるとなんかね。励ましあってる気分。最後にほうきで掃いて、きれいになった。暑い。2時間ほどかかった。

温泉へ。今日はグッと人が少なかった。

8月18日（金）

朝、畑をサッと見る。スイカでひとつだけ、生きているのがある。食べごろがわからない。まだ小さいけどツルが枯れてるなあ。うーん。迷った末に採る。小ぶりのいちじくのホワイトイスキアと黒いビオレソリエスも採った。さて、どうだろう。

いちじくはどちらも甘くておいしかった。スイカは…、まだ早すぎた！　ガクリ。

今日は雨ということなので、家でゆっくりしよう。

雨はもう降らなかった。

温泉は今日も空いていた。いつもの日常に戻った。脱衣所の床に水が点々と落ちている。

「この水、なんですか？」と常連のおばあさんに尋ねたら、いつもお風呂セットのカゴから水を滴らせていく人がいるのだそう。一度注意したけど変わらないんだって。

「ああ～。そうですか。最近、よく見かけますよね……」

「今はまだいいけど、冬、靴下で踏んだらいやよね」

どこでもいろいろな人がいるなあと思う。

温泉と水風呂《みずぶろ》、交互に入る。サウナには入る気がしなくてやめた。話し相手がいたら入ったけど。

帰り。受付のクマコが疲れた顔をしていた。

「今日は空いてたよ」と声をかける。

「もうお盆は終わり」とクマコ。

「疲れてる感じが漂ってるよ」

「うん。漂わせてるの」

「早く回復してね」

「サンキュー」

お盆で忙しかったみたいだ。

家に帰って、塀の外をじっくりと眺める。本当にスッキリサッパリ。掃除するっていいな。もっとスッキリさせたいと思ってきた。下に生えてる花を上に移植しようかな。5つぐらいあるから、ここと、ここに…となんとなく考えた。

8月19日（土）

半年ぶりくらいに道の駅に行って野菜や果物を買う。

私の好きな生産者さんのぶどうが出ていた。わあ。うれしい。種なしと種ありの2種類。種ありには「種があります、食通用」と書いてある。ふふ。迷わず両方買う。


家に帰って庭の作業。

以前からこれは何かなと思っていたツタがあった。とても強くて勢いがある。葉っぱの形を見るとノウゼンカズラに似ているけど花は咲かない。

その花が今年初めて咲いた。オレンジ色。なんと、やはりノウゼンカズラだった。

今までは日当たりが悪くて咲かなかったのだろう。今年、ヤマモモの木の上の方を剪《せん》定《てい》したので陽が射すようになって、そこに絡みついて高く登り、花が咲いたようだ。

嬉《うれ》しいような悲しいような。

だってノウゼンカズラは庭に生やしたくない。勢いが強すぎるから。で、外の塀以外のはちょこちょこ切っている。庭の中にあるのはできるだけ刈り取ろう。

びわの剪定方針を変更した。
目隠しのために西側の窓の外に植えて3メートルほどまっすぐ上に伸ばした。でも西日が強すぎて結局その窓のブラインドを開けることはなく、また、これだとびわが生《な》っても手が届かない。なので実をとるほうに舵《かじ》を切る。途中の枝分かれしているあたりでバッサリと切った。これからは実を生らすように横に育てよう。

温泉のサウナでひさしぶりにハタちゃんと話す。
私「最近楽しみなことある？」
ハタ「なんにもないわ」
私「私は庭の土壌改良に夢中でいろいろ計画を練ってるの」
ハタ「…私は胡蝶蘭《こちょうらん》の花を咲かせるわ。5鉢」
私「へえ〜っ」
ハタ「それと、ブーゲンビリアとシクラメン」
私「それはどこにあるの？」
ハタ「家の中よ」

いろいろ話せておもしろかった。

前に「大地の再生」の矢野さんの講座に参加したことを最近よく思い出す。伊豆《いず》の修善寺《しゅぜんじ》の山の水脈改善のワークショップだった。矢野さんの講座に行って、矢野さんを直接見て、言葉を聞けたことは貴重な思い出になっている。

あの頃は私の活動期だったのでいろいろなことに挑戦した。どうしてここまでするのだろうと思うこともあったけど、今思えば、思う存分いろいろなことをやって、よかったと思う。

ぶどうを食べた。

種なしと食通用の種ありと。どちらもとてもおいしかった。しばらくは販売していると思うのでジュースやジャムを作りたい。

8月20日（日）

今日も暑い。午前中は庭の一角の土を掘り起こして落ち葉や枝を入れて土壌改善。

午後はリモートでインドの本の打ち合わせ。写真選びなど2時間も集中したので最後の方は頭がぼんやり。

温泉へ。サウナではいつも会う面々。4人。

その後、水風呂に入っていたら、みんなが集まって熱帯植物の方を見上げて何か話してる。

「なに?」と近づいたら、20センチぐらいの大きな花のつぼみがあった。白い、ラグビーボールみたいなの。葉っぱをたどるとモンステラだ。

わあ。花が咲くんだ。楽しみ。

帰りがけ、受付のアケミちゃんに花が咲いたら教えてねと声をかけとく。明日《あした》から10日間は浴場が入れ替わるので見られないかもしれない。

8月21日(月)

あまりの暑さで昼間は家の中でぼんやりヒマにすごす。

いちじくが次々とでき始めたので袋をかけた。

やはり近くにいない人とはだんだん疎遠になると思った。近くっていうのは距離じゃなく（遠くても毎日連絡取りあってるようなのは関係が近い）。それはしょうがないことだよなあ。
身近な環境こそがリアルな現実。日常の出来事が積み重なって生活は形作られる。

温泉で判明。昨日の花はすでに咲いていたのだそう。カラーのような花で、見えていたのは後ろ姿だったのだ！
壁際からのぞいたら見えたんだって。ショック。見たかった…。
調べたら花の中の実は熟したら食べられるのだそう。パイナップル、バナナ、パッションフルーツを混ぜたような香りと味とのこと。むむ。食べてみたい。

「草原の実験」というロシア映画を見た。うう…。

8月22日（火）

今日明日は王位戦第5局。場所は徳島市《とくしまし》「滑水苑《いすいえん》」。前夜祭で、「今回は電車で岡山県から瀬戸《せと》大橋を通って行き止まり式ホームの高松《たかまつ》駅で乗り換えて来ました」と嬉しそうに話していた鉄道好きの藤井七冠。

将棋の日は躊躇《ちゅうちょ》なく休みにするのでホッとする。何もしなくていい。チラチラと盤面を確認しながら家の中の作業、たまに庭に出て草むしり。そして蚊に刺されては逃げ帰る。

温泉に行ったらアケミちゃんがいたので、「モンステラの花ってもう咲いてるんだって。反対向きに咲いてるからわからなかった。私は後ろ姿を見ていたみたい。カラーみたいな花」と教えたら、「エッ！」と驚いてる。そしてすぐに男風呂《ぶろ》に見に行ってた。

体を洗っていたら、アケミちゃんがスマホ片手にやって来て、「咲いてた〜」と画像を見せてくれた。巨大なカラーのような花。芯《しん》がトウモロコシのよう。
「これ、熟したら食べられるんだって。みんなで味見しようよ」
楽しみ。

8月23日（水）

王位戦2日目。

大好きなグリーンカレーを作ってじっくり観戦。時おり雨がザッと降る。たまに庭に出て、ちょこちょこ作業。そしてまた蚊に刺される。今、移植したい木が十数本ある。でも夏の真っ盛りの今はダメ、ダメ、と言い聞かせてきた。が、雨が降っていたのを見て我慢できず、場所が悪くて全く育たなかったルリヤナギを日当たりのいい場所にサッと移植した。ここだったらずっといいと思う。どうか根づきますように…。

夕方、将棋はとても緊迫した雰囲気。私はいちじくと生ハムをつまみに好きな銘柄の焼酎《しょうちゅう》割りを飲みながら見る。

今年のいちじくは強剪定《せんてい》したから3本の枝がスッときれいに伸びて、採りやすく育った。袋をかけたのでアリも寄らずとてもいい。

午後6時過ぎ、佐々木七段投了。藤井七冠が4勝1敗で防衛。これで王位4連覇。「長い物語を見ているようでしたね」と解説者がしみじみと。なんだか私もしみじみしてしまった。
勝負ごとっていうのは勝ち負けがはっきりついてしまうよなあ…と思う。

8月24日（木）

雨のち晴れ。今日から仕事。絶対に外に出たらダメ。すぐに庭に出たくなるから。と思いながら、ついついい何度も庭に出る。そしてそのたびに蚊に刺されて退散…というういつものの繰り返し。でもふらふら庭に出てしまうのはしょうがない。魚が泳いでいるようなものでふら〜っと体が動いていってしまう。

午後になって急に雷と大雨。すかさずパソコンの電源だけは抜く。また壊れたら困る。

8月25日（金）

引き続き仕事。コツコツ進んでます。
夕方、温泉へ。人が少ない。水玉さんがひとりだけ湯船に入っていた。「誰も来ない〜」と思っていたそう。
サウナで、あのよく笑う人がいたので少し話す。

やっぱり愚痴っぽい人、話してて気が沈むような人とはだんだん疎遠になってしまうよね〜というような話。相手も同意してくれる人がいいだろうから「類は友を呼ぶ」で、最初は気を遣って話を聞くとしてもやがてはそれぞれ似たもの同士でかたまるよね、って。

「そうですよね〜。アッハッハ」と最後は笑い飛ばしてた。そう。いつも笑いで吹き飛ばしてる感じ。周囲に漂うもやもやみたいなものを。

8月26日（土）

今日も仕事。終わったらあれをしたいこれをしたいといろいろ考える。

スパークリングワイン3本セットが届く。今回は広告のチラシが18枚も入ってた。

あらかた仕事の目途が立ったので買い物へ。食通用と書かれたブドウをまた買った。

品種はスチューベンというらしい。

温泉へ。脱衣所に水玉さん。上がるところだ。

「あれ？ 今日は早いね。なにかあるの？」

「うん。私にも生まれた日があるのよ」

「誕生日？　何歳になったの？」

「〇〇歳…」

「おめでとう！」

うむ…と嬉《うれ》しくなさそうな顔をするので、

「今日まで死なずに生きてこられたことがおめでとうだよ」

「そうだね。そう思おう」


浴場に行くと果物が好きなフルーツさんがいた。

このあいだの思い出せなかった花の名前を聞いたら、センニチコウだった。なるほど。確かに丸い。ドライフラワーにもできますよと。

人吉《ひとよし》の温泉に行ったという話を聞いてから、パッションフルーツの苗のことで悩んでいることを話す。先日購入した黄色いパッションフルーツ「ミズレモン」は最低温度8度だと書いてあった。鉢植え栽培は苦手なので地植えしたいけど…と言ったら、

「この辺では寒すぎて無理。枯れてしまう」という意見。

そうだよね〜。そしたら鉢植えか…。挑戦してみるか…。

時間があるとさまざまな人がアップしてる矢野さんの作業動画を見ている。やはり、空気と水の循環。柔らかく、なじむように。その循環の仕組みがわかれば、ミクロもマクロも同じだとわかる。すべてに循環している流れに気づくようになると、手の入れ方もわかるようになる、と言う。どこまで気づいていけるか。限りなく続くその流れ中の。

8月27日（日）

仕事の日。休み休みやる。

そういえば…、たくさん買ったガーゼ服。まだ一度も着てない。なぜか私は新しい服をしばらく寝かせるクセがある。

それからニューバランスのスニーカー。あれも結局、一度しか履いてない。というのも外に出るのは近所への買い物と温泉ぐらいなのでサンダルを使ってしまう。家の中は裸足《はだし》だし、外の作業は長靴とかだし、靴を履く機会がそもそもないのだ。でも遠出する時や長時間歩きそうな日には使うつもり。

時々、ハッと大事なことに気づく。そうすると急いで「心構え」を軌道修正しなきゃと思う。そしてあわてて修正する。ああよかった、気づいて、と思う。その繰り返し。

8月28日（月）

仕事の書類を送ってから買い物。あのおいしいぶどうでジャムを作ろう。あるかな。あった。食通用種あり「スチューベン」4パック。

午後は庭の作業を少し。パッションフルーツ「ミズレモン」を大きな鉢に植え替える。

8月29日（火）

ひさしぶりに畑へ。草刈りをしようとしたけどあまりにも多いので途中までにした。明日《あした》、人参《にんじん》の種まきをする予定。

午後は家でいろいろ。

台所のゴミ入れにしている白いホーローのパッキンにカビが生えて汚くなってきたので、よし、と思い、ビニール袋に入れてキッチンカビキラーを吹きかけてしばらく置いておく。

温泉に行ったらクマコがお客さんと談笑していた。私は「今日、女で3人目」だって。

中に入ったら誰もいなかった。しばらくして水玉さんが来た。

「4人目だって」

家に帰ってしみじみ庭を眺める。

パッキンのカビがきれいに取れていた。うれしい。

8月30日（水）

雨の予報なので畑に人参の種を蒔《ま》く。

今年はたくさん種が採れたと喜んでいたら、あとで気づいた。この人参は固定種ではなくて近所で買ったF1種だった。ずっと種を継いでいこうと思っていたけど…。残念。で、改めて種採り用に固定種を少し買い足した。両方を離して畝に撒《ま》く。

雨が降ってきた。けっこう激しく。

ガレージのシャッターの見積もりが来た。ああ。かなりの金額だ。どうしよう。考えた。金額の張るアルミ板は全部は替えず、破損部分だけにしよう。経年劣化で色がかなり変わっていると言われたので、だったらところどころに絵を描いてデザインのようにしようかなと思う。そうすると金額が3分の2になる。

温泉へ。

最初だれもいなかったけど、だんだん人が来た。こちらの浴場のモンステラには花は咲いてないけど黄緑色の新しい葉っぱがでてきていた。やわやわしていてくるくる巻いていた。

「クマコがこの初夏に熱帯植物の葉を剪定《せんてい》してきれいにしていたので、光が入るようになって、それで花が咲いたのかも…」とつぶやいたら、「だれかもそう言ってた」と水玉さんが言う。

光が当たらないと花は咲かないというのは私も今年、よくわかった。大きな木の上の方をバッサリ切ってもらって陽が射すようになったら初めて咲いた花がいくつかあったから。光って大事だなあ。

8月31日（木）

今日から王座戦五番勝負第1局。永瀬《ながせ》王座に挑戦するのが藤井竜王・名人。このふたりは普段から練習している同士。とても楽しみ。

昨日の記者会見で永瀬王座が「藤井さんからいただいた言葉のひとつひとつは自分にとって財産ですので、だれにも教えずに墓場まで持っていきたいと思っています」と語っていた。わあっ。

もらったけど食べ切れない梨を2個、コンポートにした。瓶を消毒して、こぼさないようにゆっくり分ける。小さな瓶、6個分できた。

タテヤマさんにシャッター見積もりの返事をする。

できるだけ安くなるように最低限の修理にして、古く色の変わってる部分には「絵を描きます」と伝える。タテヤマさんもできるだけ安くならないかといろいろ交渉してくれたみたいだった。でも部材がアルミということと材料費の高騰でどうしても高くなってしまうそう。「自分がいけないのでしょうがない。これから運転を気をつけようと思います」と話す。

そう。実は最近、ガレージにバックで入る時に、今までずっと後ろを向いて目視していたのをやめてモニターで見るように変更したのだった。そして敷地内に入ったところが少し坂になっているのでアクセルを踏まなくてはいけないのだが、その時にわざとスピードを出してブーンと勢いよく入るのをゲーム感覚で楽しんでいたのだ。ほんと、つい最近、10日ぐらい前から。そしたらこれだ。

とてもシュンとなり、反省した。今後は慎重にしよう。

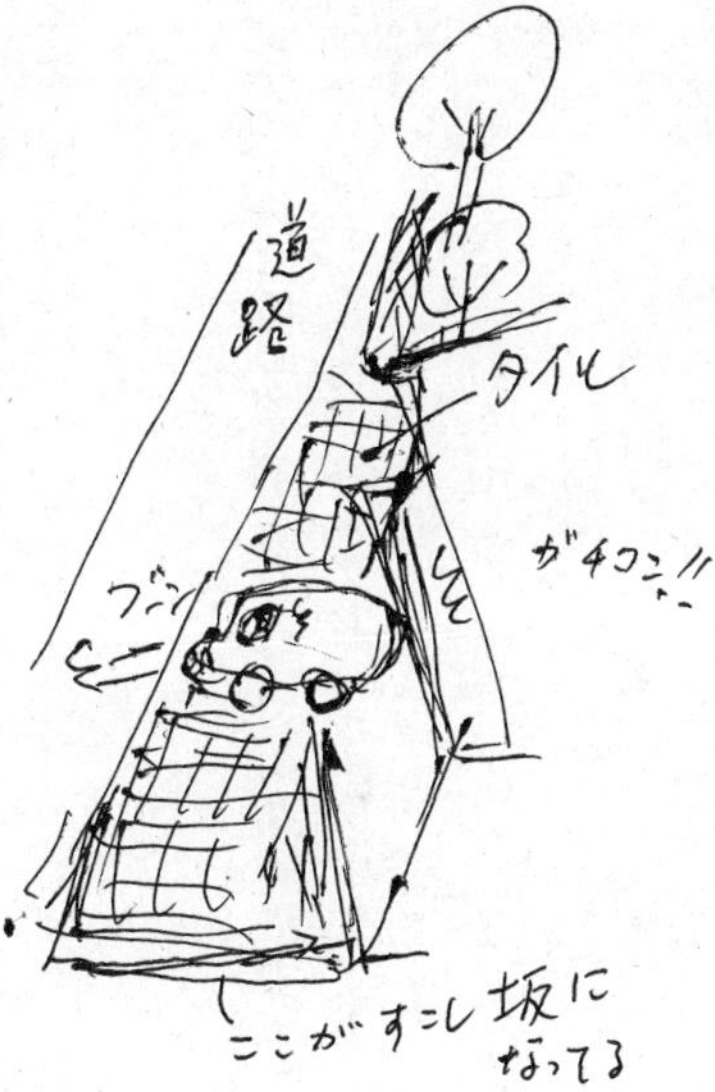

車が大きく破損しなかっただけでもありがたいし、ムチウチとかの怪我もなかったのもありがたい。不幸中の幸いだったと感謝しよう。そう思うことにしよう。ううっ。

外は雨。

対局はじりじり進み、午後3時の今、解説者に渡辺明《わたなべあきら》九段が出てきてうれしいところで、数日前から顔がかゆい。またアレルギー反応か。まずい。どうしてだろう。何か食べたかな…。草や虫かな。

先日病院でもらった薬袋をまた取り出して、軟膏《なんこう》を塗ったり、かゆみ止めの薬を飲むとかゆみが治まってきた。

将棋は永瀬王座の勝ち。

9月

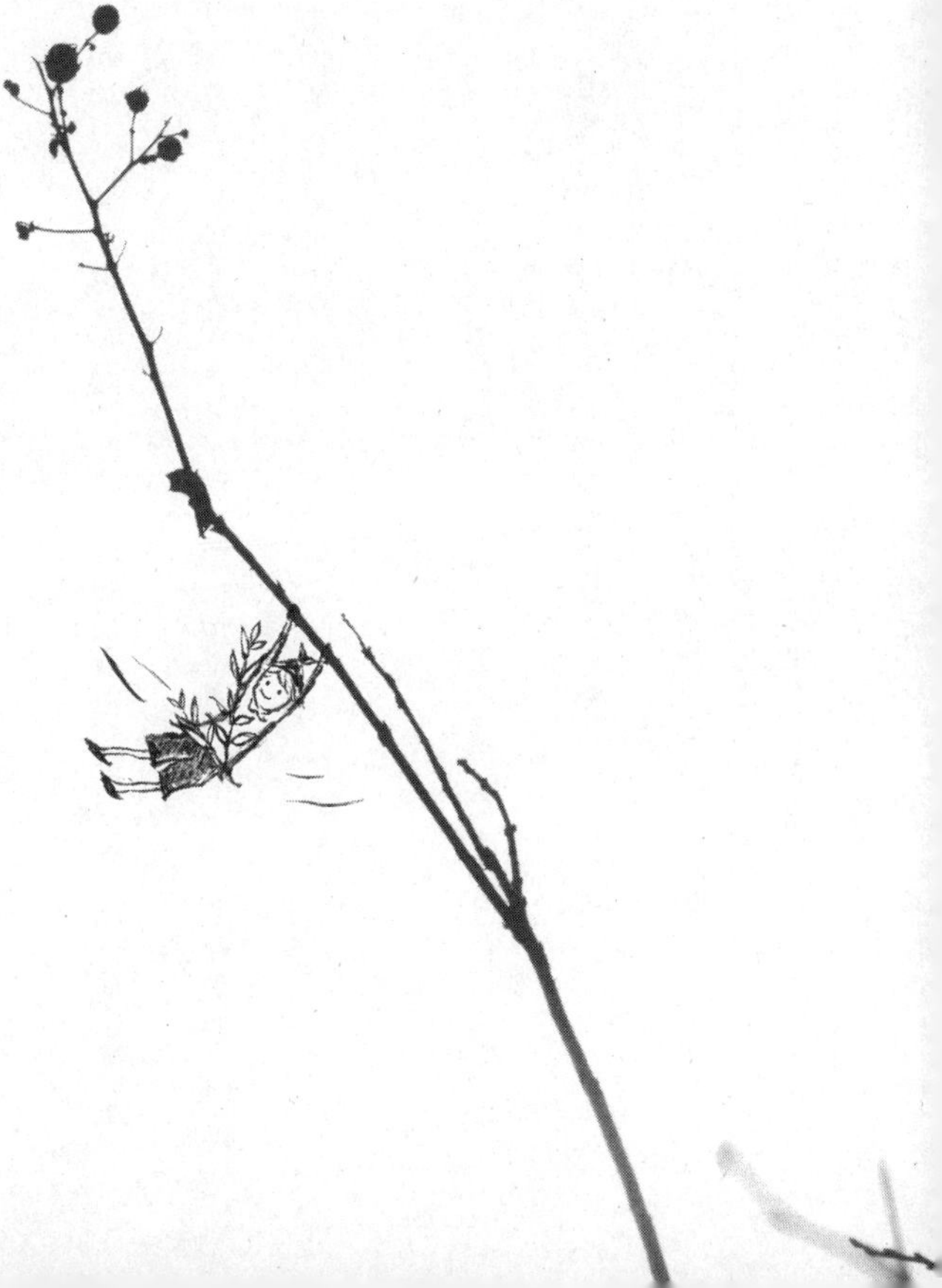

9月1日（金）

午前中はじゃがいもを植える。今回は15個。10個は食用に買った「ながさき黄金」、5個は春にできた皮の赤い「アンデスレッド」。

今年の畝で大繁殖している草花がある。つゆ草に似た葉っぱで、小さなかわいい花が咲いている。

午後は庭木の移植。レンギョウ、シモツケ、アジサイ、つわぶき、ツゲ、ゲッケイジュ。どれも小ぶりだったのでパパッと。

温泉に行く時、途中にある車の整備屋さんに寄る。このあいだぶつけた時にできた後ろのキズをもしかすると直せるかなと思って。

車を停めると、奥から30代半ばぐらいの男性が出てきた。

「あの…、傷の修理ができますか？」と見てもらう。

見て、「ああ」と言って、すぐにチューブ入りの磨き粉みたいなのを布につけて拭《ふ》いてくれた。すると白く見えていた傷が目立たなくなった。

「自分で紙やすりで修理しようと思ったんですけどうまくできませんでした」

「それはやめた方がいいですね」

次に、黒い塗料みたいなのをチョイチョイとつけてくれたらほとんどわからなくなった。うれしい。

「よかったです。いくらですか?」

「ああ、いいですよ」

「前に郵便局で車にキーを入れたままロックしてしまった時に取ってもらいませんでしたか?」

「ああ。たしかありましたね」

「こちらは車検もされてますか?」

「はい。やってます」

「来年車検なのでその時はよろしくお願いします」

と、お礼を言って去る。ほのぼのとした気持ちになった。

温泉へ。今日からあのモンステラの花が咲いていた浴場。すぐに岩風呂《いわぶろ》に見に行く。白い花が咲きかけていたけど、これは2個目のよう。最初のは花びらが落ちて芯《しん》が緑色になってる。

帰りに駐車場で水玉さんと(へちまの)ふくちゃんにさっきの車のキズのところを見せたら、「わからないよ」と言っていた。ちょっとだけへこんでるんだけどね。

思えば…、私は普段しないことをやって調子に乗った時、ガツンと神さまのゲンコツみたいなのがくる。そうだよなあ…と思いながら、なんとなく、タロットカードで見てみようかなと思った。

1枚選んで意味を見る方法で。

タロット、タロット、確か、ひとつ持っていたはず。

どこだっけ。あちこち捜してやっと見つけた。これこれ。

1枚、引いてみた。

スター。意味は、希望、ひらめき、願いが叶《かな》う、絶望からの再生、など。

ふうん。そうか。よさそうな感じだからいいか。これからは調子に乗らないぞ。

9月2日（土）

人参《にんじん》と移植した庭木に水やり。蚊に2カ所刺された。

それから買い物。柿といちじくとぶどう3種類を買った。いちじくはコンポート、ぶどうはジュースにしよう。

次に、河原に行って草たい肥用の葛《くず》を採る。すごくたくさん繁殖していた。大きな布バッグいっぱいに採った。

このあいだの梨のコンポートをひと瓶あけて、買ってきた果物を入れてフルーツポンチを作る。もうすこしシロップを甘くすればもっとおいしかっただろうなあ。次に食べる時は蜂蜜《はちみつ》を入れよう。


畑に行って畝の上に葛を置いて、草取りをしていたら、通りがかりのおじいさんが「何ができてるの？　さつまいも？」と声をかけてきた。

「はい。こっちは落花生です」

「オクラはもう終わりでしょう」

「そうですね。今年は夏野菜はあまりできませんでした」

など、ポツポツ話す。


午後、アジサイをふたつ移植してから、ぶどうジュース、いちじくのコンポートを作る。


夜。

温泉はいつもの静けさが戻っていた。

アンジェリーナ・ジョリー主演の映画「モンタナの目撃者」を見てから、ハッと気づく。今日は7時からABEMAトーナメントの日だった。藤井チーム対斎藤《さいとう》チーム。しまった！ もう10時。急いで見てみると、もう3局終わってた。藤井竜王・名人も斎藤八段と戦って、藤井竜王・名人が勝ってた。あとで知ったところ、勝率1パーセントからいきなり逆転して勝ったというものすごくスリリングでおもしろい対局だったらしい。悔しい…。いいのを見逃した。

9月3日（日）

今日は10時半からNHK杯。忘れないように。

それまでに、人参と庭の移植した木に水やり。昨日のアジサイにトクトクと水をかける。それから最近移植したものに順々に。

サーッと風が吹いてきて、見上げると西洋ニンジンボクの葉がサワサワと揺れていた。

うん？

なんだか秋の気配。季節が変わっていくのを感じた。

家に戻り、ぶどうジュースを飲む。これはぶどうを鍋《なべ》に入れて水も砂糖も加えずに煮て、濾《こ》したもの。

飲みながら部屋をぐるっと見渡す。足に触る床の木の板が気持ちいい。

ここは私の隠れ家だな。

宇宙の中の地球の中の日本の中の隠れ家。

9月4日（月）

昨日は晩ごはんを作る時に手作りぶどうスカッシュを飲んで、お酒を飲まずに寝たら、全然違った。長い夢を見れたし、長く眠れた。

もしかするとやめ時かも。焼酎《しょうちゅう》にも飽きてきたし。でも今、シャンパンなど月5本も1年間の定期購買している。週末だけ飲んで、だんだんやめていこうかな。

お酒を飲むことのマイナスのひとつは、晩ごはんの味をよく味わえないこと。酔うと味を忘れてしまうし、食べ過ぎたりする。


朝、畑の人参に水やり。チラホラと芽が出ていた。またあのおじいさん、ひげの爺《じぃ》さんが通りかかって声をかけてきた。ひげじい。

「あれ？　朝も？」

「人参に水やりしてます〜」

それから庭に移動して水やり。今日はホースを出して本格的に水やりしよう。ここしばらく雨が降ってない。

シャーッと木々に水をかけるのは気持ちいい。

でもだんだん飽きてくるので適当なところで終了。

水撒《ま》きしながらあれこれ思う。

キウイ苗の紅妃《こうひ》と早雄《そうゆう》。紅妃は新芽が伸びているけど早雄はピクリとも動いてない。私が子分みたいなのって言ったからかなあ…。

急に気になって、「子分じゃなくて王子様だよ〜」と声に出して訂正しておく。

「湘南《しょうなん》のクレマチス」と名札に書かれてるクレマチス。先日、草刈りしていてうっかり地際から切ってしまった。そしたらそこから新しい芽が伸びて、今では小ぶりの花が10個も咲いてる。クレマチスは新枝咲き、新旧枝咲きとかあって、私はいつもどれがどっちだかわからず、そのままにしていた。なので春に咲いて、花が終わってまた1年たって次の春にポチポチ咲く、という流れだった。でも今回うっかり切ったらそこから新しい花がこんなに咲くなんて。これか！　とわかった。これからは花が終わったら夏に切り戻してまた花を咲かせよう。クレマチスの茎って2ミリぐらいだし、枯れてるように見えるのでいつも怖くて触れなかったけど、これからは触れそう。

車のキーにつけているキーホルダーの紐《ひも》が切れかかっていることに気づいた。針と糸の作業が好きなのでさっそく修繕する。このキーホルダーはずっと前にジュースのおまけについていたんじゃないかな。鈴になっていて音がするのでバッグの中で捜す時にとても便利。布リボンを切れそうになってるところにかぶせて頑丈に縫いつけた。

午後は、冬野菜の種をトレイに蒔《ま》く。玉ねぎ、白菜、キャベツ、ブロッコリー。どれも私には難しかった野菜なので今年は慎重に少数精鋭で。レタスとビーツは家の中でお皿の上に濡《ぬ》れティッシュを敷いて、そこで発芽させよう。

草刈り機…。

またまた急に草刈り機が欲しい、と思った。外の道路ぎわの草を刈るのが嫌で、そのためだけにでも買いたい。そしたら畑の通路とか斜面、庭のところどころでも使えそう。それはいい。そう思ったらもうすぐに買いたい。で、お財布を手にナフコへブーン。パッと現物を買って来よう。そしたら今日、草を刈れるかも。

怖くないナイロンコードのにしよう。充電式で軽量なやつ。

着いて、従業員の方に草刈り機の説明をしてもらう。そしたらその方はあまり草刈り機に詳しくなかった。そして現物はなくて注文になることがわかった。しかも大きさとタイプでちょっと迷ってる。運転時間が長い方がいいかな…とか。展示品を手に取らせてもらって重さなどを確認し、カタログをもらい、いったん家に帰って考えることにした。

今日手に入らないんだったら急ぐこともないか…。ゆっくり考えよう。

そして夜。カタログを見てじっくり考えた末。最初に考えていた軽量なのをネットで注文した。

今日もお酒を飲まずに寝てみよう。さて、睡眠がどうなるか。楽しみ。

9月5日（火）

起きた。

長い夢は見なかった。短い夢は見た。そして夜中に何度も目が覚めてしまった。うーん。

今日は芽キャベツの定植。それから塀の外の落ち葉掃き。

落ち葉を掃き集めながら思った。

落ち葉を熊手で集めて、ガーデンバケツに入れる。これを見た人は、「落ち葉掃き、大変だな」とか「やらなきゃいけないことだからしょうがないですよね」とか思うかもしれない。でも私は、この1枚1枚の枯れ葉を集めて庭の木のたい肥にしようと思っているので、めんどくさい作業ではなく、価値のあるものを集めている気分なのだ。たとえばミニミニ小判、ミニミニお金。枯れ葉1枚が0・01円ぐらいかもしれないけど、それぐらいの感じ。なので熊手で集めることが金貨を集めているように見えている。ふふ。


昨日、温泉の脱衣所に入った時、ふたりの人が話している声が聞こえた。

「本当にあっという間ね」

「そうですね」

時のたつのが早いということを話していたようだ。

その時に思った。いつも私はその話はみんなするので聞きたくないと辛口に思っていたけど、そのふたりの話しぶりはとてもやさしい感じだった。

あまり親しくない、顔みしり程度の関係の人が会話するのに、「時がたつのは早い」という話題は、だれもが同意し、反論もない、だれも傷つけない、最も穏やかな言葉かもしれない。「暑いですね」という挨拶《あいさつ》のように、何かを伝えるための会話ではなく、穏やかなやさしさのキャッチボールみたいなもの。

そういうのだったら悪くない。いい。思い合ってる。

私がうんざりするのは、いつもいつも顔を合わせている人たちが、いつもいつも同じことを繰り返し繰り返し話すような時だ。

9月6日（水）

早朝、人参《にんじん》の畝に水やり。ところどころ芽が出てるけど、少ない。まき直ししないといけないかも。

今日は水汲《く》みと買い物。

ひさしぶりにあのわき水を買いに行く。9時に着いたら誰もいなかった。よかった。20リットル入れる。また少しあふれた。少し多めに出るようだ。

甘くない食パンを買おうと声の小さいパン屋さんへ行ったら閉まっていた。定休日は火曜日のはず。「閉店」と看板が出ているけどまさか閉店したんじゃないだろうな。しょうがないので別のパン屋さんに行ってパニーニを買う。

スーパーに行ったら栗があった。15個という少なさだったのでこれぐらいだったらちょうどいいと思い、それを買う。

栗の渋皮煮を作ろう。前に作った時はちょっと硬かったので今度は柔らかく。

でも、表面の硬い皮を剝《む》くときに失敗してしまった。茹《ゆ》でて熱々の状態で剝くべきだったのに冷えてから剝いたら硬くしまっていてとても剝きにくかった。

それでもどうにか作り終えた。味見したらおいしかった。下ごしらえなどに手間取り、2時間もかかってしまい、ぐったり。疲れた。

9月7日（木）

よく眠った。

ゴミを出して、人参に水やり。やはりあまり芽がでてない。

なすとオクラを収穫する。小さいのが2個ずつ。

家に戻ってネットニュースを見たら、今日の8時40分ごろに種子島《たねがしま》宇宙センターからH2Aロケットが打ち上げられるという。

えっ？　今何時？　9時10分。ああ。急いで2階に上り、窓から南の方角を見る。

真っ青な空が広がっていて何の形跡もない。

もう飛んでいったのか…。天気がよければここからもロケットが飛んでくところが見えるんだって。

ライブ映像を探したら、あった。予定通りに8時42分に打ち上げられたそう。

残念。いつか見てみたい。

きのうのパン屋さんに電話した。

「今日は開いてますか？」

「はい。開いてますよ」と小さい声で。

買いに行こう。

ハード系の食パンはもうなかった。なのでバゲットを買う。「定休日が変わったんですか？」と聞いたら、6月から火・水が休みになったのだそう。

帰りに、3年ぐらい前に出会った好きなぶどう（たぶんブラックビートという品種）を買う。あと、山栗と書かれた小さい栗があった。これは去年、気になった栗だ。試しに買って茹でてみよう。それとピンポン玉くらいの小さな柿。小ささが気になったので買ってみた。

2時からジャニーズ事務所の記者会見があるのでそれに合わせてとろろそばを作る。ぶどうと柿と栗の渋皮煮も並べて楽しみに始まるのを待った。

始まって、しばらく見ていたけど、そんなに興味がないことに気づき、温泉へ。

知ってる人がいなかったのでサウナには入らずに温泉と水風呂《みずぶろ》を行ったり来たりした。

注文していた草刈り機が届いたので説明書を読みながら家の中でゆっくり組み立てる。

最初に落ち着いた気持ちでやらないとね。

9月8日（金）

草刈り機をさっそく試す。

外の道路わき、続いて畑、そして庭、と15分ぐらい。これは楽だ。

スイッチを入れるとナイロンコードが見えなくなるのでどれくらい近づいたらいいのか、角度など、最初要領がわからなかった。たぶん何回かやっていくうちにつかめるだろう。

柔らかい葉っぱは切れるけどシソの茎など硬いのは切れない。ふわっと刈れたらいいのでこれくらいの性能でちょうどいいか。気軽にパッと使いたいから。マキタの重さ2・4キロのやつ。

人参の種を蒔《ま》き直したけど、うーん。どうかなあ。

9月9日（土）

ポポーという果物を買った。「森のカスタードクリーム」と呼ばれるねっとりとした食感。バナナ、マンゴー、りんご、柿を混ぜたような味と言われている。

実際に食べてみると、あっさりとしたマンゴーのようだった。皮が柔らかく流通に不向きなのであまり売ってないけどマイナス30度でも生きられる果樹なので寒さに強いらしい。私も作ってみようかな…と一瞬思った。けど、近所の野菜販売所に毎年出す人がいるからそこで買うのでいいかと思い直す。

刈り草置き場のまわりに植えたカボチャとオクラが巨大化している。普通の畝に植えたオクラはひょろひょろなのに、その20倍ぐらいの大きさの茎をしている。やはり養分が多いのだろうか。これはいいな。畑の真ん中にも刈り草置き場を作ろうかな。

人参の種を蒔き直したけど、まったく雨が降らないので土はカラカラ。これから芽が出るような気がまったくしないわ。とりあえずジョウロで水を撒《ま》いておく。

午後、将棋のJT杯を見る。熊本で開催。藤井竜王・名人が勝った。

夜はサンマを焼く。北海道産。「飛行機で来ました」と書いてあって、新鮮そうで、2尾で580円だったので買ってしまった。そしたらけっこうおいしかった。

そうそう。買い物に行く時にまたあの「無農薬野菜です。ご自由にお持ちください」の前を通ったのでスピードを落としてよく見てみた。すると今日はひまわりの花だった。

9月10日（日）

今日はゆっくりする日。

週末だけお酒を飲むことにしているので昨日と今日は飲んでいい。でも、昨日シャンパンを飲んだら苦く感じた。説明書きを読むと、「ほのかにハーブのような苦みが感じられます」と書いてある。苦いのはちょっと…。

遅いお昼に宮崎牛のステーキと焼き野菜、トリュフバターソースを作る。冷凍のコマ切れトリュフがあるのでそれを使って。デザートはいちじくと柿とバニラアイス。どちらもとてもおいしかった。

シャンパンの残りを飲みながら作って、食後に眠くなって昼寝。なんだかもうお酒は飲まなくていいかもと思う。ぼんやりとなるのが嫌だ。

夜。新ショウガを買ったのでジンジャーシロップ作り。炭酸で割ってジンジャーエールにしよう。

キアヌ・リーブス主演の2015年のサイコスリラー「ノック・ノック」を見て、とても気分が悪くなる。途中でやめようかと思いながらも最後まで見てしまったが。見終わって調べたら「ホステル」を撮った監督だった。なるほど。

9月11日（月）

夜中に雨が降ったようでうれしい。

今日から仕事の予定。

まず朝ごはん。お味噌汁《みそしる》と昨日のステーキの残り。それとシソの醤油《しょうゆ》漬け。

この醤油漬けのシソは、ビキーニョという私の好きな辛くない唐辛子の上に覆いかぶさっていたので光を当てるために2〜3枚折り取ったもの。

大きい葉、小さい葉、虫食いの葉などさまざまで、あまり使える葉はないかもしれないと思った。今日使う予定もないし、最初、畑に置き忘れたぐらい。でも、「そうだ醤油漬けにしよう！」と思い立ったら、急にやる気になった。丁寧に洗って、ほとんどすべての葉を使って醤油漬けを作った。そしたら思いのほかおいしくできた。

仕事を少しして、温泉に行く前にホーム玉ねぎを植え付ける。温泉に行く前ぐらいから雨が降りだした。

9月12日（火）

朝の日課の庭の散歩。

蜘蛛《くも》の巣を払ってヤマモモの木の下のジンジャーリリーの花の匂いを嗅《か》ぎに行く。ずっと前に植えたジンジャーリリーが今年初めて咲いた。これ以外にも、もらって植えた株が2つある。畑にひとつ、西側にひとつ。そっちはまだ花は咲いていない。毎回蜘蛛の巣を払って木の下に嗅ぎに行くのも面倒だなあと思う。畑の株を玄関わきのサルスベリの木の下、今ヤブカンゾウが密集しているところに移植しようかな。この冬にでも。そうしたら毎日すぐに簡単に匂いを嗅げる。

それにしても、このジンジャーリリーは繁殖力旺盛《おうせい》。背も1・5メートルぐらいになる。先日、この近所でたいそう繁殖している家を2軒、見つけた。一軒は家の敷地の20メートルほどの塀の内側にすき間なく、盛り上がるほどに茂っていた。増えるままにしているようだ。もう一軒は道路沿いの家で、一角にボーボーに茂っていて外に葉っぱが飛び出していた。そこはよく通る場所なので今度ひまな時に歩いて見に行ってみよう。

今日は王座戦第2局。神戸にて。非常に楽しみ。

梅シロップを飲みすすんだので容器2つをひとつにまとめようとしたら、ひとつの方の蓋《ふた》が開かなくなってる。砂糖が固まっているようだ。一生懸命に力を入れても、いろいろと策を練っても、うんともすんとも言わない。

キーッ。もうあきらめた。

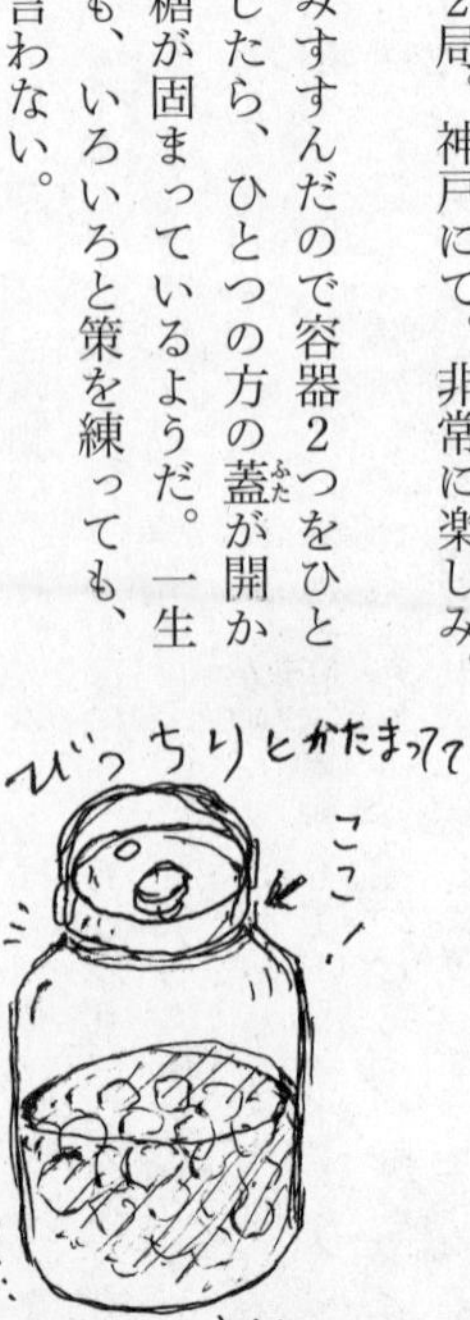

夏雪カズラの花は、今年は少ししか咲かなかった。いい匂いがするので摘み取ってボウルに挿す。そばに置いて、将棋を見ながらたまに匂いを嗅ぐ。

パソコンがガタガタするなあと思ってよく見たら、左の部分が膨れ上がってる。まずい。もうすぐ壊れるかも。新しいパソコンを買わなければ。これは4年使ってるけど、だいたいそれくらいでいつも壊れる。なぜだろう。使い方が悪いのか。

夜はひき肉のカレー。

将棋は200手以上の熱戦。もう最後はうとうと眠かった。

9月13日(水)

仕事の日。雨がわずかに降っていてうれしい。

昨日のカレーをアレンジ。畑の野菜を焼いてのせる。トマト、なす、オクラ、かぼちゃ、とうがらし。


休み休み、仕事をがんばる。たまに庭に出て野菜の苗を見たり。

仕事をしていたら、ピンポーンとだれかが来た。

だれだろう。

宗教の勧誘だった。すぐに断る。ああ、気持ちが途切れた。本当に困る。

9月14日(木)

庭のグミの木にハート形の葉っぱのツルが勢いよく巻いている。

10センチぐらいの葉だ。これはなんだろうと思っていた。考えてもわからないので写真を撮ってスマホのアプリで質問してみた。しばらくしてから思い出して見てみると、だれかが「ヤマイモかも」とポツリ。うん？　急いで調べたところ、ヤマノイモ科のオニドコロではないかと思う。

温泉から出たのが夕方の6時半。うっすら暗くなっていた。まだ暑いけど、もう夏は終わったんだ。

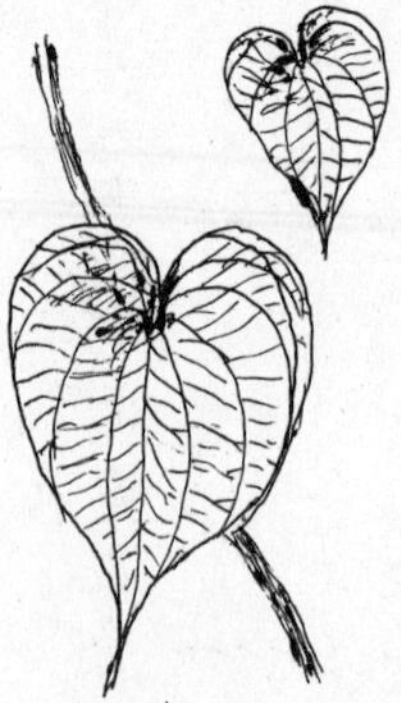
ヤマイモ科
オニドコロ？
（のちに、違うことが判明）

9月15日（金）

インドの本の峠を越えて、次はおまもりの本。今はコツコツ根を詰めて基本的な作業をしているところ。ふー。集中するので疲れる。

過去の写真をずっとチェックしていたのだが、同時に子どもの写真や前の家、旅行の写真なども見ることになる。このころはああだった、こうだったと思い出がよみがえって、気が沈んできた。今ここにないものを思い出させられて。でもそれはしょうがないこと。自分の選択の結果が今であり、これがベストの選択だと納得しているけれど、それでも過去にあって今ないものを見せつけられてせつないような気持ちになる。過去の写真は輝いて見える。実際はいろいろあったとしても。

昔の写真なんて見たくないなあ。

気分転換に温泉へ。

仕事を始めると気持ちが内側に向かい、人と話をしたくなくなる。声を出すのにエネルギーがいる。別の空間と現実空間を行ったり来たりしているみたいだ。

夜、デンゼル・ワシントン主演の「インサイド・マン」を見る。2006年のアメリカ映画。前に見たことがあったけどタイトルが目に入ったのでなんとなく見始めたらおもしろかった。またひさしぶりに途中でやめずに最後まで見れた。

9月16日（土）

早朝、畑に行って人参《にんじん》に水を撒《ま》く。やはりあまり芽が出ていない。しょうがない。今年はもうこれでいいや。

人参の芽のあいだに出ている草をハサミでチョキチョキ切っていたら、ひげじいが「早いですね」と通りかかった。「昼間は暑いので」と返事する。道路わきのチェリーセージを見て「これはなんの花?」と聞くので、「チェリーセージです。葉っぱを千切るといい匂いがしますよ」と教えて葉っぱを千切ってみてと手ぶりですすめた。匂いを嗅いで「ほんとですね」と。しばらく話して、最後に「お手をとめさせてすみません」と言っていた。礼儀正しい方だ。

刈り草置き場のすぐわきに植えたオクラはますます大きくなっていた。おっ、と思うほど。かなり土が肥えているのだろう。冬はそこに白菜やキャベツなど、栄養がたくさん必要な野菜を試しにいくつか植えてみたい。

夜。将棋のABEMAトーナメント。

藤井竜王・名人チームと稲葉《いなば》八段チームの対決。このABEMAトーナメントでは「チーム動画」といってメンバーがさまざまに趣向を凝らした企画で動画を作るのが恒例になっている。今回の藤井チームの動画も先日見たけど、思わず声を出して笑ってしまった。

メンバーは同門の兄弟子でおっとりとした印象の齊藤《さいとう》四段と、物静かで淡々とした澤田《さわだ》七段。全員東海地区出身というほんわかアットホームな感じだった。藤井竜王・名人の住む瀬戸市は瀬戸物が有名なので、みんなで陶器づくりに挑戦するという企画だった。3人とも口をそろえて「手先は不器用です」と言う。指導の方に教えてもらいながら粘土をこね、手びねりで皿やお茶碗《ちゃわん》などを作っていた。できた陶器は視聴者の方にプレゼントするらしい。「へーっ」と私は興味深く見ていた。

粘土遊びするような和気あいあいとした雰囲気で製作は進み、最後に色や模様をつけて終わった。動画の最後に、「こちらが後日完成した陶器です」と乾燥して焼きあげられた写真が映った。小学生が作ったような本当にでこぼこの皿などが3つ。本当に不器用なんだ。あまりの下手さ加減に思わず「アハハ！」と大笑い。

いや〜、楽しかった。ほのぼのとした気分になった。


将棋を見ながら梅シロップの容器を抱えて、あきらめきれずに、蓋を回そうと力を入れていたら、やがて…スルッと開いた。

よかったあ〜。これでぶどうジュースを作れる。

対局が長く続き、眠くなったので最後の方はベッドの中でウトウトしながら見る。

9月17日（日）

朝。畑にオクラを採りに行って帰ろうとしていたらしげちゃんとセッセが草むしりに来ていたところに出くわす。暑いからうちのベンチで休めば？　と家に誘う。

セッセはどこかへ行き、しげちゃんと庭を回ってから家の中に入る。ソファでウトウトし始めたので、声をかけて、私はちょっと買い物へ。

ぶどうジュース用のぶどうと新生姜《しょうが》などを買う。新生姜でまた生姜シロップを作りたい。生姜シロップを炭酸で割るジンジャーエールに最近凝っている。

家に帰ったらしげちゃんはもういなかった。セッセが迎えに来たのだろう。

外はとにかく暑い。白菜とキャベツとブロッコリーの苗をトレイで育てているが、直射日光に当てるとぐったりするので陰になったところに頻繁に移動させている。

家にあったいりこを使い終わったので、ついに先日注文した「伊吹いりこ」を開封した。わあ。すごくいい匂いがする。そのまま食べてもおいしかった。これでいろいろなお味噌《みそ》汁をこれから作ろう。

枕崎の花カツオもおいしかった。

9月18日（月）

夕方、温泉に行ったら、銀杏《いちょう》の実が駐車場にたくさん落ちていた。そうか。もうそんな季節か。受付に断って少し拾わせてもらう。20個ほど。ビニール袋越しでも匂いが強烈だったので二重にくるんで車に入れておく。

過去の写真の中にのり弁を見つけたので急に作りたくなった。健康的なやつ。

昨日から考えていて、朝から作り始める。たしか曲げわっぱのお弁当箱があったはずと思い、捜したけどどこにもなかったので棚にあったくまモンのお弁当箱を使う。

たかきびハンバーグ、甘い玉子焼き。オクラの胡麻《ごま》和《あ》えなど。

すご〜く時間がかかった。たかきびハンバーグはハンバーグというよりも、まるでたかきび餅《もち》みたいだった。でもまあ、作ったことで満足。

伊吹いりこの袋がかたわらにあるので、目に入るたびに袋を開けて匂いを嗅《か》ぐ。ああ、いい匂い。

午後は仕事。

雨が降ったり、陽が射して暑くなったり、変化の激しい日だった。

そういえば思考の実験。

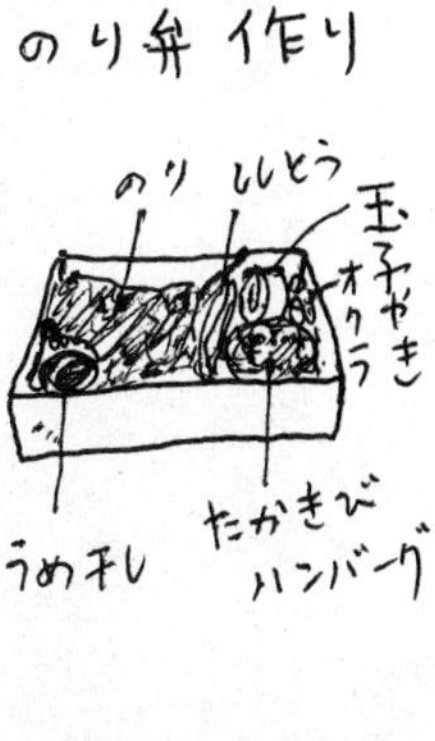

ギューッと考え込まない。深く考え詰めていたら、ああ、これかと思い出して、サッとそこから抜ける。とにかく、内容よりもムードなんだ。明るいムードを持つ感情。人の悪口とか人を恨まなきゃいいんだと思って、反省と称して強く、(人ではなく)自分を責めていた今まで。

自分を責めている時のムードは暗い。そこがダメなのだ。

内容や意味ではなく、ムードを明るく。

ムードが明るければ人を責めてもいい、ってぐらいふり切って。

とにかく感情の色なんだ。心の色、ムードが大事。

それを意識して7月から2カ月ほど過ごしたら、確かに気分が明るくなったような気がする。あんまり気が沈まなくなってる。

引き続き、この調子でいってみよう。

夕方、すごい雨。

なので温泉はやめた。

昨日の銀杏をつまみに1週間ぶりにお酒を飲んでみた。黒糖焼酎《しょうちゅう》の炭酸割り2杯。

すると9時ごろに眠くなって、少し頭痛もしてきた。

やっぱりもうやめようかな…。

シャンパンが届いたら週末にちょっと飲んで、どう感じるか。様子をみよう。

9月19日（火）

昨日は早く寝たので朝早く目が覚めた。

外は霧が出ている。白い世界にふわりと足を踏み出す。

わあ。寒いほど。もう夏は終わったのかな。まだかな。庭の草木を見ながら一周する。蚊に一カ所刺された。

日が昇ったら急激に気温が上がってきた。


仕事をしてから畑へ。そろそろ大根の種を蒔《ま》かないといけない。

最初、暑すぎて、もう明日《あした》にしようかと思ったけど、ちょっとやり始めたらだんだん楽しくなってきた。草を刈ったり、畝の上を整えたりして、大根、青大根、赤大根、黄色いカブの種を蒔いた。汗だくで。ひさしぶりにやった感がある。

里芋をひと株だけ掘る。こうやってちょっとずつ掘りながら食べていこう。

温泉に入っていたら、突然すごい雨。こういう感じでときたま雨がバーッと降る。さっき大根の種を蒔いたからうれしい。

今夜はブラピとディカプリオ主演の「ワンス・アポン・ア・タイム・イン・ハリウッド」を見る。始まって、タランティーノ監督作品とわかり、楽しみ。なんとなく最後まで興味深く、漂うように見ることができた。面白みを感じて。この監督の暴力シーンは私には例外的に嫌じゃない。

いりこはもうこれ以上外に置いておくとフレッシュ感がなくなりそうなので心残りながら冷凍庫へ。

9月20日（水）

今朝も霧が立ち込めている。朝は本当にすずしい。

7時か。

庭に出て、そのまま畑を見回り。芽キャベツの葉についた虫を捕る。

芽キャベツは先月から育苗をして植えたもの。1種類だったら丁寧に苗立てができる。これが何種類もとなるととたんにキャパオーバーして雑になってしまうのが未熟なところ。

つる菜の葉に白に赤いふちどりの水玉模様ができていて、うーん、食べる気がしないなあ。

畑のあちこちを眺めていたらひげじいが通りかかったので少ししゃべる。チェリーセージの葉っぱをまた千切っていいですか？　と言って匂いを嗅いでいる。

「いいにおいですね。このあいだもらった葉っぱを日記に挟んでいるんです」と言う。

へーっと心の中で驚いた。

今日はおまもり本用の写真撮影。おまもりのようなパワーを持った写真を撮るべく集中する。

昼は私の好きなランチ屋さんで白ごまタンタンメン。そのあと畑で畝を整える。

9月21日（木）

午後から雨が降るという予報なので午前中、急いで種まき。小松菜などの菜っ葉類、小かぶなどを蒔く。

今、私はだし研究中。

いりこ、昆布、かつお節をそれぞれ水出しして味見する。うーん。おいしい。

単体、2つ組み合わせたもの、調理法もいろいろ試して自分の好きな味を探したい。

9月22日（金）

仕事の日。写真を選んだりする。

9月23日（土）

パソコンが膨らんできて、すき間が広がってきている。早く新しいのを買わないと。来月、買おう。それまで持ちますように…。

土日はお酒を飲んでもいい日にしようと思い、今日、シャンパンを飲んでみた。夜飲むとすぐに眠くなるし、ごはんの味をじっくり味わえないのでお昼に。スパゲッティ2種類を作る。ベーコンクリームと焼きナス。おいしく食べて飲んだけど、別にもう飲まなくてもいいなとも思った。でも毎月届くのでしばらくは様子を見よう。

夕方、昼寝。

9月24日（日）

昼間は暑いけど、朝はすずしい。

そのすずしいうちに畑を見に行く。大根やカブや小松菜の芽が出ているところをじっくり観察する。自家採種した種が芽吹くのを見るとうれしい。小松菜、ちぢみ菜、チンゲン菜の芽がたくさん。

人参《にんじん》の芽があまり出ていないので、あいているところにレタスの苗を植えようと思い立ち、苗を取りに戻った。

テミに苗を入れてふたたび人参の畝へ。穴を開けてひとつずつ植え込む。蜂がブーンと飛んできてまとわりつく。体をよけてもしつこくやってくる。手で払いのけてはいけないと思い、じっとしていたら耳のすぐ近くでブーンという音。そして頭にとまった。うう。じっと我慢する。ずいぶん長いこととまっていた。

8つ、植えた。

今日も仕事の続き。写真のトリミングなど。

でも日曜日なのでゆっくりしてもいいかな。気が向くにまかせよう。

お昼はだかきび入りハンバーグとモーウイサラダ。前回、たかきびをひき肉に見立ててハンバーグを作ったら、あまりにもたかきびが柔らかすぎてひき肉に思えなかった。もっとプチプチに炊けたらひき肉っぽくなったはずなのに…。残念。

その時のたかきびを冷凍していたので、今回はひき肉と混ぜてハンバーグに。するとまあまあおいしくできた。

9月25日（月）

今日の天気は曇り。ホッとする。

朝、畑で新芽を間引いたり、軽く草刈りをする。すずしく快適。やっとだ。

今度の冬は畑の畝をもっと整えて、畑を歩きやすく、移動しやすく、使いやすく仕立て直そう。なんとなく荒くれてしまった。

ゴマの鞘《さや》をいくつか集めて家に戻ったら、乾燥中のゴマの容器が見当たらない。確か、玄関前のベンチの上に置いたはず…。ガレージや台所も捜したけど、どこにもない。

もしや！

玄関前の庭をみると、空っぽの容器がころがってる。

ああ。風で飛んだんだ。段々をよく見るとゴマが落ちている。悲しい…。どうしよう。

集めよう。こんな時、私はどんなに大変でも、集めて洗って、きれいに選別して使う。悔しいから。

ミニほうきで集め、洗って乾かす。量はほんのちょっぴりなのだけど。

去年はゴマの種を採る時期がわからず、上の方に花が咲いていたのでずっと待っていたら下の方の莢《さや》が弾《はじ》けて種が地面に落ちていた。下が弾け始めたら刈り取って乾かせばいいんだって。かなりたくさんの種が落ちてしまった。

で、今年はうまくやろうと思っていたら、今年のゴマはあまり育たず、去年ほど大きくならなかった。それでも弾け始めた莢を下から順に切り取ってコツコツ集めてる。量が少ないのでこういうふうに細かい作業ができる。毎日少しずつ採ってきたものを乾かして、最後に葉っぱやゴミを選別するつもり。

今日も仕事をがんばろう。

9月26日（火）

明日《あした》は王座戦なので買い物へ。

畑では、新芽が出ている畝をもぐらが通ったようで土が盛り上がっていたので、しかたなく足で踏む。ところどころ葉が萎《しお》れていた。

それから落花生を2株、掘り起こす。まあまあかな。

9月27日（水）

朝食に、さつまいもの茎の煮物。里芋のみそ汁。刻みおくらなど。

やっと畑の野菜で調理できるようになった。夏はホントに食べられる野菜がなく、たまに外で買ってきたけど量が多すぎて食べ切るのに苦労した。これからは自分の畑で採れたものを工夫して食べていこう。


王座戦を見ながら仕事をしようと思っていたけど、ついついいろんなことをやってしまう。庭を見たり、皮に切り込みを入れるという初めての煮方で栗を煮たり。

注文していた植物の苗も届いた。来月になったらじっくり庭の作業をしよう。

家の北側の和風の花壇をブラック＆シルバーコーナーにしたい。すでにたくさんの草木が植わっているので完全にはできないだろうけどせめて印象を変えたい。

今年、玄関の前の一角をブラックガーデンにしようとしたけどうまくできなかった。まわりの木の葉が茂ってきてしまい、手入れができず草ぼうぼうに。なのでリベンジ。

王座戦。すごい逆転劇で藤井竜王・名人の勝利。次で八冠が決まるかも。

9月28日（木）

今日こそ仕事をしなくては。気合を入れて。

その前に庭をひとめぐり。蚊に刺されてしまい、悲しい。

ジンジャーリリーの花がどんどん咲き始めた。いい匂いなので畑から2本、花を摘んで花瓶に挿す。いい匂い。

仕事はゆっくり進んだ。ゆっくりとしか進まなかった…。

9月29日（金）

早朝に畑へ。

新芽の間引き、じゃがいもの土寄せ。白菜の苗をふたつ、かぼちゃのすき間に植えてみる。

昼間は仕事。遅々として進まない中、頻繁にハンモック椅子や庭や畑に休憩に行く。

ゆっくりでもいい。着実に進め！

畑でシソの穂を摘む。シソの実の醬油《しょうゆ》漬けを作ろう。

夜。とりあえず仕事の第2段階まで終わった。3まである。

最近スパムメールがすごい。1日に30通ぐらい来る。とても嫌だ。アマゾン、カード会社、えきねっとなどをかたって。マイナポイントがなんとかっていうのには思わず引っかかりそうになった。気をつけなければ。どうにか方法はないかと調べて、仕分けルールを作る方法を知った。それで迷惑メールにひとまとめにできる。とりあえずこれで。

今日は満月。どんなかなあと見たら雲に隠れていた。しばらく待っていたら雲のすき間から姿を現した。すごく濃いオレンジ色だった。

9月30日（土）

引き続き仕事をしながら、その他もろもろ。

夕方、温泉へ。ここで気分転換。

10月

10月1日（日）

今日から10月。

朝起きたら雨だった。とてもうれしい。カラカラの土に少しは水分が。

仕事をしながら一日、家で過ごす。

10月2日（月）

仕事が一段落したので今日は、さまざまやるべきことに動く。

まず歯の定期クリーニング。緊張感のあるスパルタ先生。最近もうマウスピースをしていないと伝える。「なんだか不快で…」と。

すると先生、「やるやらないは自由です。だけどやった方が歯の寿命は長くなりますよ」。

うん。はい。そうですよね。

「ちょっと自分でもいろいろ試してみます」と私。

「試す？」

「ストレスが左右すると思うので、リラックスできるようにマッサージするとか…」

「ふ〜む」という感触のリアクション。

今日は歯石取りをして、次回は上の歯のクリーニング。

椅子に寝て診察中、若い歯科助手さんが先生に伝言。他の患者さんから言われたこと。

すると先生、「意味が分かりません」。

「はい」と、その歯科助手さんも同意してる。

「優柔不断は意味がないですから。自分で決断しないと僕はやりません。僕が別にやりたいわけじゃない」とかなんとか。どうやら患者さんが手術かなにかを躊躇《ちゅうちょ》してあやふやなことを言ってるようだった。

この先生にはハッキリとした意思を伝えた方がいいみたいだな。

どちらにせよ（先生の指向とあっててもあってなくても）ハッキリしないとダメみたい。たとえ違っていても、自分はこうしたいというきっぱりとした意思を伝えたら、それはそれで尊重してくれるのだろう。

実は私は手術というものをしたくない。今後奥歯がぬけた時、インプラントにするかどうか…。手術をしないですむ方法を聞いて、できればそうしたい。

でも私はこの先生の厳しい言葉を漏れ聞くのが大好き。寝ながら歯科助手さんとの会話を聞くのはとってもおもしろい。

「来たー！」と思い、心の中でクク…と笑いながら聞いている。厳しいけど理不尽じゃないんだよね。たぶん。はっきりしないもやっとした人が嫌いなのだろう。でも…、実はこの先生は厳しすぎるので、もっとナチュラル系の歯医者さんはいないかなとも思ってる。奥歯が抜けてもそのまま放置しても大丈夫ですよって言ってくれるような持論を持つ歯科医。そういう先生で信頼できる人がいたらそっちに行きたいなあ。でもまあ、今はこのまま様子を見ていよう。

次に、パン屋さん。ハード系の食パンはなかったのでバゲットを買う。

そしてコメリ。ふたつほど小さな低木を買う。

それからヤマダデンキ。今にも壊れそうなノートパソコンの代わりを見に行く。どれがいいかな…と見ていたら、このあいだテレビを買った時の人が来てくれた。この人、パソコンに詳しいのだそう。なのでいろいろ話して、一応今日はパンフレットをもらって、今使ってるパソコンのスペックを調べて、また来ます、と伝える。今回、長年使っていたメーカーを変えるつもりなので、慎重に選びたい。

それから、スーパーへ。いくつかの食料を買う。

そしてお米の精米へ。玄米にしてください、と持って行った。

「コクゾウムシがわいてるんですけど…」と言ったら、「日に干して虫を逃がしてから来て下さい。卵があるといけないし」と言われた。

そうか…。

家に帰って、レジャーシートに籾《もみ》を広げる。小さくて黒いコクゾウムシがわらわらと逃げていく。

うーん。

しばらくしてから見ると、逃げたものは逃げた。

あと、残った籾も虫に食べられて白くなっているのがある。これは一度ふるいにかけた方がいいかもなあ…。

ザルを持って行って、少しずつふるいにかけた。

コクゾウムシや小さくなったお米のカケラが落ちてきた。

やっぱ、いるんだ…。

すべての籾をふるいにかけて、かなりきれいになったと思われる籾を精米所に持って行く。でも、もう玄米にして下さいと頼むのはなんだか気がひける。

なのでかたわらの自動精米機で白米にした。

のこりの籾、たぶんあと80キロぐらいある。あれをどうしよう。そろそろ新米もできる時季だ。あれは日に干して虫を逃がして、玄米にして、真空パックにして保存用にしようか…。

いろいろ考える。どうにかうまく処理したい。サウナで水玉さんにも相談した。

ああ。籾貯蔵缶、あんな大きなのを買わなきゃよかった…。

あと、ジンジャーリリーが繁殖して歩道にはみ出しているところの写真も撮った。あれはすごい。

10月3日（火）

夜中の2時半に目が覚めて、そのまま朝まで眠れずに起きていた。なので寝不足で頭がぼんやり。

コクゾウムシが繁殖した籾が気になり、今日もシートを広げて日に干す。そしてザルで少量ずつふるいにかけた。コツコツやっていたらだんだん気が滅入ってきた。セッセに何度もグチりに行く。3度目に行った時、「やっぱりもうやめた」と敗北宣言。

全部ふるいにかけようと思ったけど、もういやだ。すでにやった20キロぐらいはどうにか食べるとしても、のこりの数十キロはもう処分しよう。畑の刈り草置き場に入れようかな。

そんなわけで気の沈む今です。

が、しょうがない。お米の貯蔵のことをよく知らなかったのだ。あーあ。

今朝、畑に白菜の苗を定植したけど、さっき見たら葉がくったりしていた。大丈夫かな。雨が降らないかな。

落花生の残りを掘り起こして軒下に干す。

10月4日（水）

朝早く目が覚めたのでベッドの中でいろいろ考えていた。

お米のこと。

とても悲しい。もう自分の手に負えないほど大きなものには手を出さないようにしよう。450キロ用の貯蔵缶なんて。馬鹿みたいに大きい。

みんな処分して、もっとシンプルに生きなければ。

瞑想《めいそう》…。

瞑想は苦手だけど、大嫌いだけど、もしかすると瞑想を学ぶ時が来たのでは？

瞑想と言えば、京都のヴィパッサナー瞑想には興味があった。10日間、一言もしゃべらず、誰とも目を合わさない、スマホもメモ書きも何もしないでひたすら瞑想だけをするという瞑想合宿。畑の作業が忙しくない時なら行けるなあ。冬。冬は寒いか。

秋。秋ならいいかも。瞑想をして生活習慣を変えようか…。

畑の作業をして、苗に水やりをしてから、籾貯蔵缶から籾を移して畑の刈り草置き場に運ぶ。よいしょ、よいしょ。

瞑想、と思ったけどやっぱり遠くまで行くのは面倒だな。

セッセがいたので今朝の心境を説明した。

「もう軽率な行動はしない。落ち着いてよく考えることにする。食料危機が来るかもなんて思って慌ててあんな大きいの。せめて小さいのだったらまだよかったのに」

「でもそれが君なんだから。いいんじゃないだろうか」

「いや。変わるの。これからは自分の手に余ることはしない。自分の手で持てない大きさのものは買わない」

4回往復して籾をすべて移動した。最後あたりは重い缶を斜めにして、倒れてきそうで大変だった。捨てた籾はだいたい70〜80キロぐらいだったと思う。

それから貯蔵缶の内も外もきれいに掃除した。蓋《ふた》は洗って日に干す。

メルカリで売ろう。「取りに来てくれる方希望」と書いて。売れなかったらその時だ。

買い物へ。手作りこんにゃく、どら焼き、紫色のチューリップの球根。

午後はロックガーデンの低木の剪定《せんてい》を少し。


温泉へ。

堤防では草刈り作業。草の束がズラリと並んでいた。壮観。

明日《あした》の朝まであったら写真を撮りに来よう。

サウナに水玉さんひとりだけだったので籾の話をする。とても気が沈んで自己嫌悪に陥ったと。そして、もし水玉さんだったらどうする？　と聞いたら、「私だったら燃えるゴミに出す」って。

そうか。

「畑の刈り草置き場に捨てたけど、大丈夫かな？」

「獣が来るかもよ」

「ハッ！　そうかも…。どうしよう。上を枯草で一応覆ったんだよね。木の板をかぶせてあったのを外したんだけど、やっぱり板をかぶせといたほうがいいね」

「うん」

洗い場に出て、髪の毛などを洗って、最後に熱い温泉に浸《つ》かる。

ずっと考え続けていた私。

水玉さんが来たので、「さっきの話だけどね、板の上にシートもかぶせた方がいいかな？」と聞いた。

「うん」

「板をかぶせて、その上にシート？」

「シートをかぶせて、その上に板」

「わかった。そうする。帰ったらすぐにかぶせよう」

帰る頃には薄暗くなっていた。

家に帰って、すぐにシートを持って畑に急ぐ。もう暗い。

シートをかぶせて、板をのせた。これでまた明日、様子を見てみよう。

10月5日（木）

朝、畑を見に行く。

大丈夫だった。


今日はまたジンジャーエール用の新生姜《しょうが》を買いに行った。ついでにオミナエシの苗が70円で売ってたので買う。

午後はブロッコリーとキャベツの苗を定植する。昼間の陽射しがずいぶん和らいできたので雨は降らないけどもう大丈夫かも。

インド本の打ち合わせ。

きょうから3日間、また細かい作業を根を詰めてやらなければ。でも明日から竜王戦。相手は伊藤匠《いとうたくみ》七段なのでとても楽しみ。同年代のふたり。若い二人。

私も一緒に仕事をがんばろう。

10月6日（金）

さあ、竜王戦。

新鮮な気持ちで、始まる場面をじっと見る。姿勢を正して…。

ただ、始まってしまうと退屈なので、あっちこっちウロウロする。仕事もしなければ。スマホで将棋を流しながら仕事。インド本のレイアウト作業。

玄関の外の照明器具を取り替えに電気屋さんの男の子が来てくれた。

今まで使っていた人感センサー型の照明器具のデザインが気に入らないので20年ぶりに買い替えたのです。新しい照明器具を2個。

玄関の両脇にあって、右側のは前にセッセに取り付けてもらった。

どうしてセッセは1個しかつけてくれなかったんだろう…。ああ、そっちが昼間も点《つ》いていておかしい、壊れたのかもと話したから、壊れた方だけ替えてくれたんだろう。

その時に設定を「夜になったら自動的に点灯する」にしたみたいで、必要ないのに暗くなったら点いてしまう。それまでの「人が近づいた時だけ点灯する」にしたくて、それ以降、電源を切っていたので不便だった。

夏のあいだはまだよかったけど、秋になったので温泉から帰った頃にあたりが暗くなってきていた。暗くてとても不便。でも忙しいセッセにまた頼むのも申し訳ない。

なのでついに、思い切って電気屋さんに電話したという次第。

新しいのに取り替えてもらって、セッセにつけてもらった方の設定も変更してもらった。これで冬になっても大丈夫。よかった。

午後、リモートで「おまもり」本の打ち合わせ。

ふたたびインド本の仕事。

レイアウトが終わったので次はキャプション書きだ。こちらは勢いで書きあげたい。気分が大事。軽く、勢いよく。

将棋もチラチラ見ている。

今夜は大好きなグリーンカレーを作る予定。最近、将棋の日はだいたいこれ。

あと、ジンジャーエール用のジンジャーシロップをまた仕込んだ。新生姜を薄切りにして鍋《なべ》に入れて砂糖をまぶして混ぜる。一晩おいといたらすごくエキスが出るって教えてもらったので、そのやり方で。

10月7日（土）

仕事をしながら将棋観戦。仕事はなかなか進まない。

バジルを集めて今年最後のバジルペーストを作る。

将棋は藤井竜王の勝ちだった。

遅くまで仕事をする。

10月8日（日）

仕事が終わったのですぐに宅配便で出す。

ついでに買い物をして帰る。今日は雨ですごく寒い。コタツを出そうかと思ったほど。

温泉へ。お湯の温度が熱めでちょうどよかった。

10月9日（月）

スポーツの日で休日。

今日の昼にサクが帰ってくるので急いで掃除をする。家中に掃除機をかけてモップで拭《ふ》く。

造りつけの物置の小さな引き戸が開けづらい。よく見ると何かが壊れて散らばっている。

なんだ？

戸の下についていた車輪を覆っている部分が経年劣化してポロポロと壊れてきているみたい。全部剝《は》がして片づける。どうにか使用はできる。20年もたつと、あちこちでこういうことは起きるなあ。その都度、対処していこう。

掃除しながら考えた。

これからいろいろ、よりシンプルにして、生活を簡単に回せるようにしたい。

迷惑メールがたくさん来るので新しいノートパソコンを買ったらメールアドレスも新しくして、徐々に移行していこう。ホームページもほとんど使っていないので今年いっぱいで閉めようかな。仕事も少なくして、収入も少なくして、より身軽にしたい。今後、私のテーマは自分の心の中に向かうだろう。そういう気がする。


サクを迎えに行く。

お腹が空《す》いたと言うので、途中の高原でスイーツフェスタをやっているのでそこに行く。コスモスが咲いていた。ケーキやランチをテイクアウトする。りんごあめがあったので買ってみた。私のお気に入りのお店じゃなかったけど味を比べてみよう。

車の中で味見。やっぱり私のお気に入りのお店の方がおいしい。


サクが夕方、昼寝し始めたので私は温泉へ。

熱めの温泉に浸《つ》かっていたら窓枠のところで何かが動いた。うん？　と思って近づいたら小さなヘビだった。体長40センチぐらいの子供のヘビ。

あら！　と思ってカランにいた水玉さんを呼ぶ。

「ちょっと、来て来て！」

ゆっくりと準備をしていてなかなか来ない。その間にヘビはスルスルと枠を伝って熱帯植物のジャングルに消えていった。やっと来た水玉さんに、

「あのね。ヘビがいたの」

「ひゃあ～。もう入れない～」

ヘビが苦手の水玉さんはビクビクしながらお湯に浸かった。詳しく状況を説明する私。「帰りにクマコに言うね」

帰り際、受付にいたクマコに伝える。前にも目撃情報があったらしい。社長に捕まえてもらうと言っていた。

10月10日（火）

サクは宮崎《みやざき》市内の楽器屋へ。帰りに釣りをしてくるそう。

私は庭で抜きたい木の根っこを一部、掘り起こす。

サクから電話。「楽器屋さん。今日、定休日だった…」ってガックリしてる。

あら。調べなかったんだ。1時間半ぐらいかけて行ったのにね。

「今度から行く前に電話して確認した方がいいよ。海を見て気分転換してごらん」

魚は1匹釣れたけど刺に毒がある魚だったみたいで写真だけ見せてもらった。白い水玉のフグみたいな魚。

10月11日（水）

一日中、王座戦第４局を見る。

サクは昼間、出かけてた。

夕方、空港まで送って、その後もずっと王座戦の中継を見る。

熱戦のすえ、藤井竜王・名人の勝ち。これで八冠制覇。ふう。

10月12日（木）

いい天気。

ひさしぶりにのんびり。

庭に出て作業。

植えつけたい木や植物が20鉢ほどある。急ぐと大変なのでゆっくりやろう。

畑に行って大根の間引きをしていたら蜜蜂《みつばち》がブーンと飛んできた。またた。纏《まと》いついてくる。耳の近くに止まったので、怖くて身をすくめてじっとしていた。いつまでもブンブンしているので家に逃げ帰る。

庭で木の剪定《せんてい》をすることにした。パチンパチンと切っていたら、また蜜蜂。

きゃあ〜。いやだ〜。じっとしていたら瞼《まぶた》に止まった。怖い。

剪定は諦《あきら》めて家の中に逃げる。蜂は怖い。今にもチクンと刺されそうで。

京都《きょうと》大学の宮沢《みやざわ》先生、動画で泣いてた。体調も悪いそう。

10月13日（金）

買い物に、いつも行くスーパーへ。

途中、道路わきの家の「無農薬野菜です。ご自由にお持ちください」の棚を見たら、何か載ってる！　あわてて引き返して見に行く。

小さく切って袋に入れられた冬瓜《とうがん》、かぼちゃ、柑橘《かんきつ》があった。わあ、うれしい。それぞれいただく（食べたけど、意外にもおいしくなかった）。

線路わきにオレンジ色と黄色のコスモスが咲いていた。きれいだったので車を停めて写真を撮る。ガソリンを入れてから家に帰る。

午後、友だちの家に庭を見に行く。ついでに一緒に花の苗屋さんに行き、りんごあめを買って帰る。野菜の種がたくさん余ってるから欲しかったらあげるよと言ったら、欲しいというので、いったん友だちの家で降ろして、私は先に帰宅。すぐに車でやってきた。庭と畑を見せてから種をいろいろあげる。

10月14日（土）

昨夜は夜中の1時に目が覚めて、そのまま目がパッチリ、眠れなくなってしまった。お腹もすいてきたのでちょっと食べたりして5時まで起きていた。そのあとに寝て、7時ごろ起床。なので目覚めがすっきりしない。ぼーっとしてる。

庭の作業をたまにやりながら家の中と外を行ったり来たり。

天気は曇り。

昨日の朝、ものすごく寒くて風邪をひきそうになった。くしゃみが止まらず、今日もまだくしゃみが出る。こういう時に気をつけないと。風邪をひかないように…。

広島県安芸高田《あきたかた》市の石丸《いしまる》市長と議員さんたちとの質疑応答の動画をまとめて見て、とても参考になった。質問をされて、この質問にどんなふうに答えるんだろう…と息を凝らして見ていると、なるほどね〜。この一連の動画はいろんな場面で応用できるなあと思った。日本の政治でも、会社の上司とか近所の人との会話でも、考え方や概念が世代差などで違う場合、どうしても年下の者があきらめがちになるけど、そこであきらめず忍耐強く答えようとするとこうなるのかと。

こういう場面はこれまで子どものころから数限りなく見てきた。ここまではっきりと一問一答で言葉が浮き彫りにされるととてもわかりやすい。私も気をつけよう。

最近毎晩見ているドラマ、ニコール・キッドマン主演の「ナイン・パーフェクト・ストレンジャー」。人里離れた森の中の洗練された建物の中で行われるリトリート合宿。そこに集まった個性的で悩みを抱える9人のゲストたち。美しく謎めいた主催者。続きが楽しみ。今真ん中あたりだけど、もしかすると期待はずれかも…という思いもかすめてる。初登場時のニコール・キッドマンのカルト感がすごかった。あるある、こういう感じ、という。

こんなイメージ
スッ…
しずしず
うろおぼえだけど
なんか、白く光輝く
ような…

10月15日（日）

午前中、セッセがしげちゃんと一緒に今年の新米を持って来てくれた。わあ。もうできたんだ。25キロぐらいある。これで5カ月は過ごせそう。

庭を一周してちょっとベンチでよもやま話。

午後、ノートパソコンを買いに行く。今使っているのを持参して見てもらい、おすすめを選んでもらった。画像を保存するディスクも買った。注文なので、1週間ほどしたら来るそう。

これを機会にいろいろなことをシンプルに。なくせるものはなくし、やめるものはやめ、生活や仕事の手間を簡素化して、日々の動きをスムーズに、簡単に。

夕方、温泉へ。するとまた男女を間違えたおじさんが。

私が脱衣所で服を脱ごうとしていたらおじさんが入ってきて、間違いに気づき、あわてて出て行った。おとといは女性が男性の脱衣所に間違えて入ってしまい、途中で気づき、すっぽんぽんにジャケットだけ羽織って女性の脱衣所に駆け込んできてたわ。

この10日ごとに男女入れ替えというルール、常連客はうっかりしやすい。私も一度、人と話しながら入っていって間違えたし。

10月16日（月）

家でこまごまとした作業。

午後は歯医者でクリーニングの続き。帰りにスーパーで買い物。そして温泉。

今年、大きなハート形の葉のつる性植物が伸びてグミの木に巻き付いて、なんだろうと思っていたら、その先に丸くてブツブツした実がついた。前にもらったヤマノイモ科のニガカシュウだった。こんなに大きくなるとは。

夕食に大根の間引き菜の煮物。

大根の葉っぱがどんどん大きくなる。大根葉はあまり好きじゃないので今までは少量だったから食べたけど、これからはもう無理に食べない。

10月17日（火）

竜王戦第2局。京都の仁和寺《にんなじ》にて。

将棋を見ながら時々庭に出て草木を眺める。

今日はさわやかな秋晴れ。こんな気持ちのいい日はめったにない。

生活のスリム化について。仕事はつれづれノートとたまに強くひらめいたものだけにする。それを続けられるあいだは続けて、生活の簡素化と共に、より身軽に。

そして静かな暮らし。

そして、自分の人生。今後、人間として生まれてどこまでの感情、幸福感を得られるのか、得られないのか。自分の中でどこまで行けるか。どうなるか。そのあたりをつぶさに観察しながら生きていきたい。それを書いていきたい。

あと、しばらくは衝動買いをやめる。

10月18日（水）

新米おいしい。冷蔵庫の中の古米はもう食べないかも。とりあえずとっとくけど。

お昼はチキンライス、夜はハウスバーモントカレー甘口。将棋のある日は好きなものを丁寧に作る。時間があるからね。じゃがいもがないので畑に里芋を掘りに行く。

そういえばグリーンカレーのキットが切れていたなと思い、注文する。ついでにカオマンガイやトムヤムクンなど他のもいろいろ注文してみた。

あと、今、インドの本を作っていて、チベット仏教の寺院で嗅《か》いだ線香を思い出した。いい匂いの。あれも注文したい。

現地の線香を輸入しているお店を見つけた。いろいろ種類があったので3種類注文する。「シャクナゲの香り」と記憶していたけど、お店のサイトの作り方を読んだら高山植物の草花やハーブなどを混ぜて作っているそう。シャクナゲというのは高地に生えているシャクナゲの葉を乾燥させて入れていることからだった。

将棋は藤井竜王の勝ち。

今見ているドラマは「赤の大地と失われた花」。暴力的なシーンがあるのでそこは苦手だけど、花の農園が舞台できれいな花や花束がたくさん出てきて画面の雰囲気がいいので思わず見入ってしまう。

10月19日（木）

朝霧が出ている。

霧の中、畑と庭を回りながらこれからやることをじっくり考える。あれもこれもと思いつく。ひとつずつ、片づけよう。

今年の春に庭に植えたあまり好きじゃない、ボーンと大きく花だけが茂る花の苗。木の足元にポツンとあるととてもかわいく見える。花の見え方も場所によって違う。これからはそういうことも考えて苗を買おう。そうすると可能性が広がりそう。

ゆっくりと朝ごはんを食べてから畑へ。

今日は草を刈って、そこに余ったアブラナ科の種をばらまこう。この夏ほとんど実が生《な》らなかったトマトの畝を刈っていく。草ぼうぼうになっていた。

種をばらまいてから短い草を整理する。畑がすっきりとしてきた。

苺《いちご》の葉っぱから赤いものがのぞいた。見ると小さな苺が生っている。宝石のような苺。

わあ。きれい。すぐに家に帰って洗って食べたらとてもおいしかった。苺は草にまみれてあまり採れなかったけど、すべての苦労が消えていくよう。

さつま芋は遅く植えたのでまだだろうと思いつつ、少し掘ってみた。ふたつ、手に触れたので掘り出す。10センチぐらいのだった。形がネズミみたいに見えた。あと、刈り草置き場のそばに植えたミニかぼちゃがすごく大きくなってたくさん実をつけている。ひとつ、採ってきた。

午後、やっと鉢の植物を庭に定植する気になった。

銅葉のつつじ、シルバーリーフのウエストリンギアなど。これからはもう木は買わない。草花のみにしよう。銅葉や銀葉の木を増やしたくなったら挿し木で増やすことにする。

夜。見上げた窓から細い月が見えていた。

10月20日（金）

久しぶりに雨の予報。

灰色の空。とても落ち着く。たまに雨が降らないと気分転換できない。なのでうれしい。

まだ雨が降らないので鉢の植えつけの続き。ザクザクと土を掘って植えていたらポツポツと降ってきた。どうしよう。でもやめられない。雨に濡《ぬ》れながら一気にやる。

あと残りは小さな草花の鉢。これは明日《あした》以降に。

午後、春にニゲラの苗をもらった友人のニゲラさんが近くに来たついでに寄ってくれた。おいしいランチのお店を2軒、教えてくれたのでいつかぜひ行ってみたい。どちらもこぢんまりとしていて独創的で予約が取りにくそうなお店だった。

大きな椎茸《しいたけ》を5つもらったので夜、グリル焼きを作る。

10月21日（土）

朝晩がすごく寒くなってきた。油断するとくしゃみが止まらなくなる。
今日は天気がいい。たくさんのことをやらなければ。花の苗の植えつけ、大根の土寄せ、ふきの移植などいろいろ。

木の下に鳥の巣が落ちていた。風で落ちたのだろうか。山鳩《やまばと》の巣かもしれない。細い枝やビニール紐《ひも》などでとても精密に作られていた。あまりにも細かく作られていたのでじっと見入る。

パソコンが壊れそうになっていることとスパムメールの多さで一瞬気弱になり、今はもうほぼノータッチのホームページとYouTube動画を閉じようと思ったけど、落ち着いて考えてみたらどちらもそこにただあり続けるだけなら面倒もないし、もしかするとたまに見に来る人がいるかもしれないので、しばらくはこのまま存続させることにした。仕様が変化するなどして続けられない時が来たらその時に閉じよう。

注文していたチベット線香が来た！　さっそく箱を開けて匂いを嗅いでみる。わあ。

強烈な匂いがする。こんなだったっけ。現地で嗅ぐと違うのかなあ。

使うのが楽しみ。いつか静かに心を落ち着けて瞑想《めいそう》をしよう。その時に使ってみよう。

大根の土寄せと花の苗の植えつけはやった。ふきの移植はひとつだけ。

電気屋さんに用事があったので行って、帰りに普通のふわっとしたパン屋さんでお昼用のパンを買う。お腹が空《す》いていたのでパニーニとピザパンとアップルデニッシュを買った。

それからスーパーで新鮮そうなサンマと鯵《あじ》のお刺身と鰆《さわら》の切り身などを買う。

家に帰ってさっそくパンを3個、一気に食べたら、しばらくして胃がもたれてきた。2個にすればよかった…。

ゆるゆると庭の作業をして、4時から将棋のJT杯を見る。

藤井JT杯覇者対永瀬九段。藤井JT杯覇者の勝利を見届けていつもより遅く温泉へ。

サウナに入ったらヒノキのいい匂い。なんと、黒カビが発生して変な匂いがしていた階段状のベンチが新しくなっていた。うれしい。このサウナは2つあるうちの古いままだった方。

いいこともあるものだ。

温泉の温度は熱めだった。寒くなると熱いのがいい。お腹を空かせるために温泉と水風呂《みずぶろ》を何度も往復した。

サンマはおいしかった。

10月22日（日）

庭の作業。

気候もちょうどいい。

スパムメールの多さは相変わらず。

畑のアブラナ科の野菜も順調。小松菜、チンゲン菜、かつお菜など。

午後、ロックガーデン風になっている庭の一角の落ち葉拾いとシダの除去。

10月23日（月）

昨夜10時ごろに寝たら、夜中の2時に目が覚めて眠れなくなった。せめて4時だったらそのまま躊躇《ちゅうちょ》なく起きたのに…。

まあ、いいか。しょうがない。朝まであれこれ、いろいろなことをする。

6時になると外が明るくなってきた。霧がでているなあ。

畑に行ってひとまわり。

霧でしっとり。

ところどころでしゃがんで野菜を観察する。

芽キャベツの青虫。つまんで草むらに移動させる。青虫をつまむのが怖くなくなった。

それから家に戻って庭もひとまわり。

今日することを考える。

コトネアスターの植えつけが残ってる。

すもの苗を畑に植えなくては。

オリーブの木を3つ、鉢に移植したい。

それから、頑張ってチェーンソーを使った木の剪定《せんてい》をしようかな。枯れ枝を落としたり、強剪定したり、といった。

夏草の勢いが衰えてきて、木の手入れをするのにいい季節になった。

10月24日（火）

今の悩みは、ヘチマを食べるか、どうしようか。

ヘチマたわしを作ろうと思って木の下に種を蒔《ま》いたけどなかなか芽が出ず、夏の終わりごろになってやっと芽が出た。

それが育って今、15センチぐらいのヘチマがひとつ実ってる。それを食べようか、それともこのまま育てて、たわしにしようか。

でももう朝晩の気温が低くなってきたのでこれ以上大きくならないかもしれない。だったらこの大きさで今、食べようか…。でもヘチマの味ってそんなに好きじゃなかった。食べるとしたら豚バラ肉とヘチマの味噌《みそ》炒《いた》めが最有力候補。

日に日にわずかに大きくなるヘチマを見上げながら、ものすごく迷ってる。

水玉さんに相談したら、「私はヘチマはあまり好きじゃないから」と言う。

うーん。私もそう思ってる。なんだか土臭かったような…。

「でも、もしかしたら好きかも」

迷う。迷ってる。


1月に出る本「おまもり」の写真を河原に撮りに行く。

サンキャッチャーを手にかかげて写真を撮っていたら、人が堤防を散歩していた。

それから私の好きな山と木の写真を撮りに行く。

10月25日（水）

今日明日は竜王戦第3局。

昨日、食料も買い込んだ。準備は万全。

いい天気なので庭の仕事をしながらスマホで観戦する。

お昼はエビカレー。

10月26日（木）

今日もすごくいい天気。爽《さわ》やかですがすがしい。

これぞ秋のよき日。

トウカエデのシュートを剪定したり、増えたノカンゾウを掘り起こす。ノカンゾウの球根は黄色くて、小さなさつま芋みたいな形だった。

将棋は藤井竜王の勝ち。感想戦もちょっと見る。次は北海道小樽《おたる》市。

夜はミートソーススパゲティ。

ここ数年、コロナの少し前から、私はいろいろな情報をネットで得ている。さまざまな情報に接したけど、今も変わらずにいいと思うのはジャーナリストの我《が》那覇真子《なはまさこ》さんと京都大学の宮沢孝幸《たかゆき》先生。このふたりは素朴な感じがして好き。誠実そうで、使命感でやっていると思う。

たくさんの人たちが目の前に、波のように浮かんでは消えて、また新しく現れる。それぞれの情報が参考になったり、ならなかったり。とはいえたまにすごくいいのにぶつかるのがおもしろい。

10月27日（金）

いい天気。すがすがしい。

でも昼頃、突然の天気の急変。空が真っ暗になり嵐のような暴風雨。それが1時間ほどで去って行った。雨はうれしい。

午後、やっとシャッターの工事に来てくれた。今までガレージがオープンになっていて落ち着かなかったけど、近ごろは便利だと思えてきてた。開閉しなくても出入りができる。その気楽さも今日でおしまい。

最初の緊急処置の時に来てくれた若いお兄さんもいた。その時、新しく取り替えたところと前のところとでは色が結構変わりますよと言われたので、「前のところに絵を描こうと思っています」と話す。

途中、新しいノートパソコンを電気屋さんに取りに行く。基本的な設定だけしてもらった。あとは時間をかけてゆっくりと必要なものを移す予定。今使っているノートパソコンが壊れるまでには。

帰りに水菜とルッコラの苗を買う。

6時ごろ工事が終わった。修理したところを最後にきれいに布で拭《ふ》いてくれてる。もう外は暗い。

ご苦労さまです。

工事の方にはいつも感謝の気持ちでいっぱい。なぜなら私にはできないことだから。私に必要で、私にはできないことをしてくれてるすべての人にいつも感謝している。ということは、ほとんどすべての人になるのだが。

トム・ハンクス主演の映画「オットーという男」を見る。始まってすぐにこれは泣く映画だなあ…嫌だなあ…と思ったけど我慢して最後まで見ることにした。そして、やはり泣いてしまった。

10月28日（土）

朝露に濡《ぬ》れた畑に出て、昨日買った水菜とルッコラの苗をひとつずつ菌ちゃん畝に植えつける。木の枝葉を埋めて実験的に作ってみた菌ちゃん畝。芽キャベツや白菜の苗がとても大きく育っているのでこれはいけるかもと思ってる。

そのあと外からじっくりガレージを眺める。よーくみると確かにうっすら色の違いがわかるけど言われなければわからない程度。ただところどころがスレて色が落ちているのでそこが経年劣化を感じさせる。絵を描くのはやめてそこだけ色を塗って補修しようかな。あと、ところどころ鳥のフンか何かで白く汚れていたのでタオルで拭いてみた。今までこんなこともしたことなかったなあ。たまには拭くのもいいな。なんだか愛着がわいてきた。脚立を持って来てあとで本格的に拭こう。そしてスレて色落ちしたところを補修しよう。

タオルで拭きました。

補修もしようとしたけど、あまり効果がないみたいなのであきらめる。頭の上から太陽の光が強く射して来てすごく暑かった。

午後、畑に行った時にまた見たら、やはり色が違っているのがわかった。光の加減で目立ったり目立たなかったりする。でも気にするほどではないかな。

10月29日(日)

「おまもり」の本のための言葉を毛筆で書く。

ふう。気を入れるのでとても疲れる。

毛筆の文字は好き。墨をすって、筆で書く。全部が出るなあ。絵に似てる。

気分転換に庭と畑を見回る。いちごがまたひとつ、赤くなっていた。

そして最近の私の懸案事項は相変わらず、ヘチマを食べるかどうか。

どうしよう…。もう20センチぐらいになってる。食べるなら今だが。

最近対人関係でほんのちょっとした面倒くさいことが。こういう時私は、「人間と近づきすぎた。しばらく人間から遠ざかろう…」と思うのだった。

10月30日（月）

今日も仕事。

ときどき庭と畑。

イヌマキの木に巻き付いているヘチマを今日も見上げる。どうしよう…。食べてみようか。

よし！　決めた。

高枝切りバサミをガレージから持ってきて、それでヘチマのつるを切る。チョキン。ぶらぶら。あっ、落ちた。

少し傷ついたけどきれいなヘチマだ。測ってみると長さは23センチ。

夜、食べよう。


夕方、温泉へ。

最近温泉の温度が高い。水でうめないと熱くて入れないほどだ。日によって温度にブレがある。

お湯に浸《つ》かっていたら常連の方が、「先週シャワーが冷たかった日があって、白い長靴を履いて毎日来る穏やかなおじいさん、いるでしょう？　知らない？　その人が怒って受付の人に文句言って、それ以来、そのおじいさんを見かけないの」と教えてくれた。

サウナに入っていたら水玉さんが来た。

温泉についてポツポツ話す。

水玉「湯治に行きたいなあ…。東北の方にガンになった人が集まる湯治場があるんだって」

私「へえ〜。いいね。私もガンになったらそこに行きたい」

水玉「私も。そしたらみんな同じだから」

私「気を遣ったり遣われたりしなくていいね。お先に逝くわ。うん。私もあとで逝くね、なんて冗談が言えそう。この近くにそんなところがないかな。どこか山の中の一軒宿で…」

水玉「つぶれた近くの湯治場が復活しないかな」

私「ああ、あそこ。昔行ったことあるよ」

水玉「すごく泉質がいいんだよ」

私「へえ〜」

温泉妄想が広がる。

家に帰って、ヘチマに向かう。

作るものはじっくり考えて決めてある。豚バラ肉とヘチマのみそ炒《いた》め、ヘチマと白マイタケのアヒージョ、ヘチマと豆腐のみそ汁。

柔らかくて、心配していたクセもなく、かなりおいしかった。

10月31日（火）

籾貯蓄缶。一応ダメもとで、購入した金額の3分の1の価格で「引き取り希望」と書いて売りに出したらすぐに買い手がついた！　ああ、うれしい。

昨日売れて、今日、さっそく取りに来てくれる。

天気も快晴。

あの籾貯蔵缶が悪いわけではない。周囲で使っている人たちに話を聞いたら、ずっと昔から置いている場所だったり、風通しのいい納屋に置いていると言っていた。私が置いていたのは密閉した物置小屋で、陽が射して夏場はとても暑かった。それがいけなかったのだと思う。

午後1時ごろ着きますとの連絡。ここまで2時間ぐらいかけて来てくれる。

外に出てうろうろしながら待っていると、…来た！　やさしそうな30代ぐらいのご夫婦。「ありがとうございます」とお互いに緊張ぎみに挨拶《あいさつ》。

ミニバンに載せて、「大事に使います」と言ってた。

帰る車を見送って、ドキドキしたその勢いで庭の球根を掘る。

石の下に挟まっていたのを移植した。

空は青い。

うれしい。捨てずにすんだ。使ってくれる人に譲ることができた。

これからは自分で扱えない大きさの物事には手を出さない。自分で持てない大きさの物は買わない。と、再度誓う。

8/4　右下の魚がヒイラギ　柊の葉に似ている

8/8　チョコがけ　右奥がブルーベリー

8/9　ポテト明太子春巻　パリパリ

8/10　間違えて買った細い麺でカッペリーニ

8/11　今年は小豆、あまりよく育たなかった

8/12　今日はジェノベーゼ

8/15　花カツオ、いりこ、昆布、どれも大きい

8/16　小豆を煮ました　煮ても小粒

これがモンステラの花

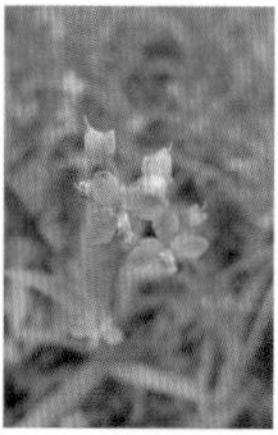

9/1　大繁殖
している草花

8/18　いちじくはおいしかった
スイカは早すぎた

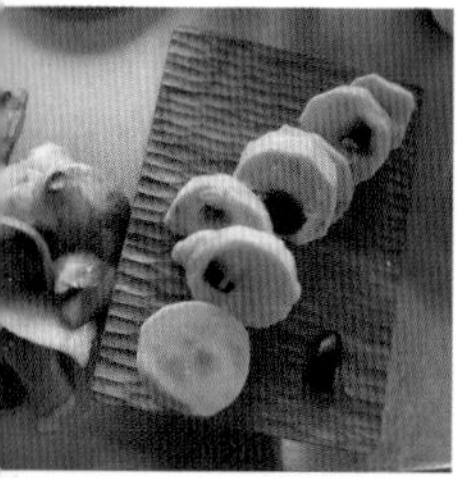

柔らかくてマンゴーのような味

9/9　ポポーの実

9/4　キーホルダーを
修繕しました

9/18　のり弁、作りました

9/12　夏雪カズラの花　いい匂いです

9/20　つる菜の葉っぱに水玉模様が…

高く育っているのがオクラ

9/24　たかきび入りハンバーグとモーウイサラダ

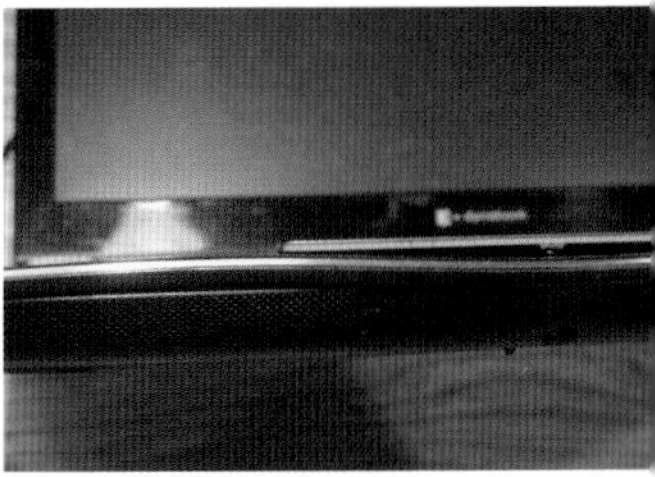

9/23　パソコンのすき間がだんだん広がってき

サクが夏に一緒に作った畝を見てる

10/2　ジンジャーリリーが歩道にまではみ出して

10/19　宝石のような苺　ルビーみたい

10/16　ニガカシュウの実

見上げた窓から細い月　二重ガラスに反射してる

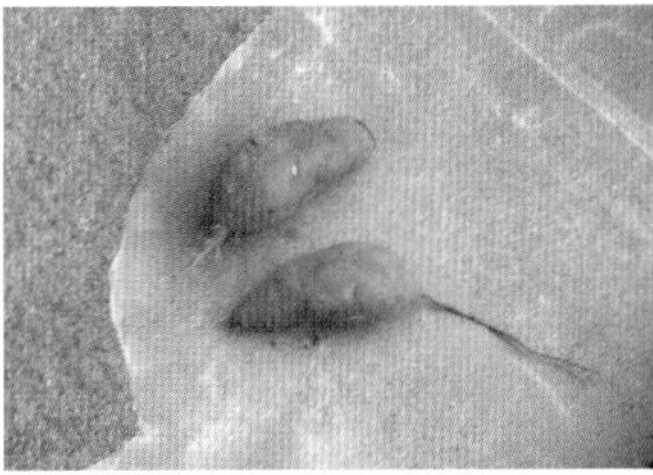

ネズミみたいなさつま芋　今年初収穫

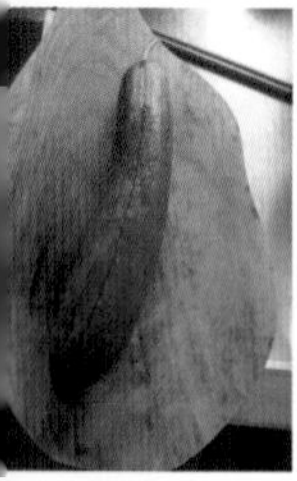
採りました

10/30　ヘチマが生った

10/20　椎茸のグリル焼き

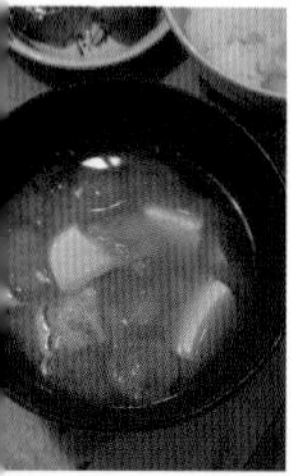
みそ汁

みそ炒め

アヒージョ

切ったところ

11/7　お味噌汁の食べ比べ

11/3　ミニカボチャを収穫しました

11/12　さつまいもの茎炒め

11/8　田の神様　時がたって黒く汚れてた

秋の収穫　じゃがいも　さつま芋　里芋

11/18　並べて置いてしばらく見ていた靴下

右側の菌ちゃん畝の野菜だけでっかい

刈り草置き場の脇の白菜が大きく育った

11/21　もらった小さなフェイジョアを食べる

カトラリーを最小限に整理する（下の数個に）

11/26　翌日の朝、薄緑色に固まっていた

11/25　よもぎをココナッツオイルで煮る

12/2　いちご専用の畝を作った

11/27　黄緑色の大根おろし

12/3　白菜を抱えたしげちゃん

これが花苗を植えてきれいにした裏庭の花壇

12/12　顔に見えるニゲラの花に線がいっぱい

12/5　白菜のソテー　おいしい

12/24　サクサクした炭ができてた！

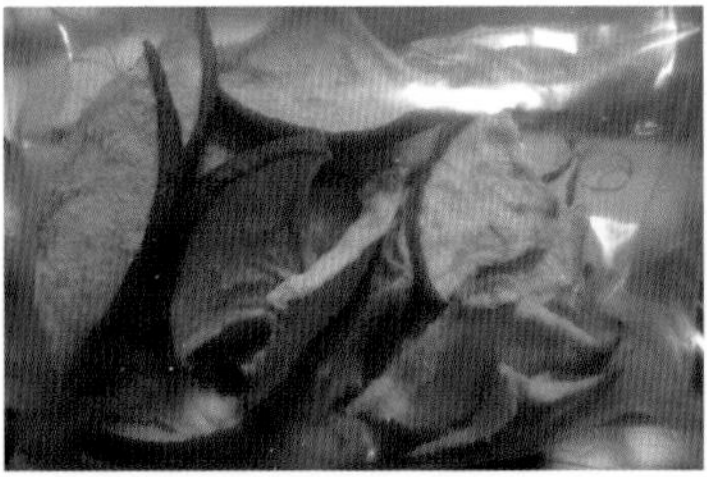
干した梨のチップス　すごくおいしい

12/26　私の好きな焼き芋に近づいてる

渡辺九段とルルドの泉のメダイ

12/31　牡蠣のオイル漬けを作る

12/29　ペペロンチーノでぜひお試しください

白菜　初めてきれいにできました

1/1　お正月　カボチャと八朔とみかん

芽キャベツもようやくできたよ

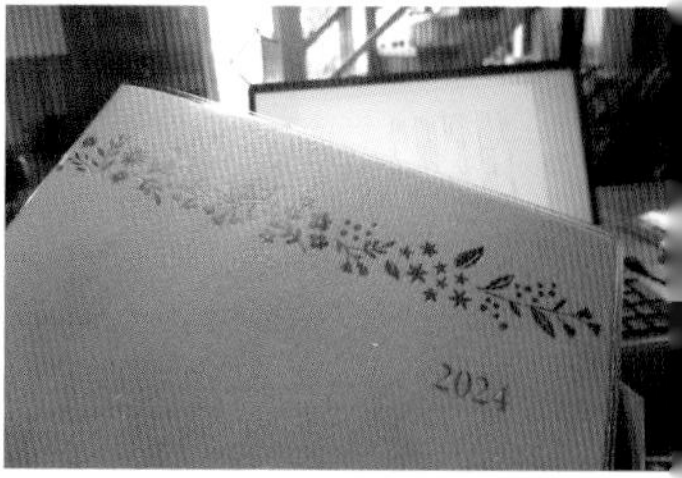

1/9　新しい手帳に新しいパソコン

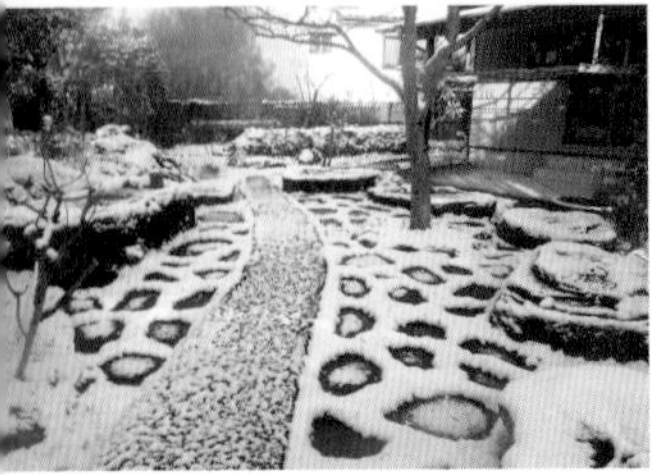

1/24　朝起きたら雪

1/20　オジロワシ　キリッ

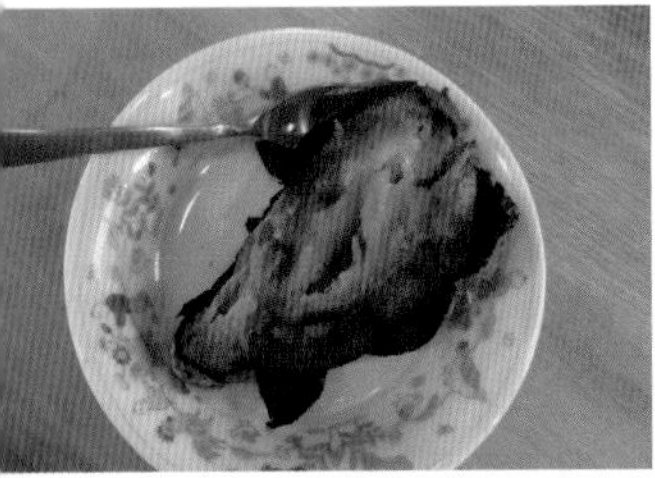

これはかなりいい感じの焼き芋

1/25　大根とかぶの中間みたいなの

1/30　中央に1本、鳥よけのテープ

庭のミニビオラ　おじさんおはよう

1/31　真ん中あたりにピー助

キャベツもやわらかくて甘い

11月

11月1日（水）

「おまもり」本の作業がひとまず終わった。やった！

これを送って、次の作業まではゆっくりできる。


グリーンカレーの素を注文した時ついでに注文したタイ料理のキット。その中のスパイシーひき肉サラダ「ラープ」と春雨サラダ「ヤムウンセン」を2晩続けて作った。あまりの辛さに汗と涙を拭《ふ》きながら食べる。ヤムウンセンは辛すぎたので、細かく砕かれた赤い唐辛子を一個一個取り出しながら食べた。白いティッシュに赤い唐辛子が模様のように並んだ。

11月2日（木）

パソコンの中のデータのコピー作業に取りかかる。

すると画像データをディスクにコピーする時にどうしてもエラーになってしまう。

何度やってもできない。ああ。気が重くなる。

ついに諦《あきら》めた。去年、動画のことで来てもらった隣町のパソコン教室のおっちゃんに頼もう。オタクっぽくて人のよさそうな人だった。

電話したら、こちらから行こうと思っていたのに来週来てくれるそう。去年あまり力になれなかったことを気にしてたんだって。へえー。

ディスクに焼くより外付けハードディスクの予備を作った方がいいかもって。

だったらその方がいいなあ。

「ディスクを挿入した時に聞こえるシュー、ゴトン、ガクッ、という音が嫌いなんです」と、私。

まあその時にいろいろ聞いてみよう。これをきっかけにますますシンプル化したい。メルアドも新しく作って早く移行したい。スパムメールが毎日100通近く来るのが嫌だ。でもこの嫌さがやがて解消されるのかと思うとそれを想像するだけでうれしい。

心機一転。新しい人生にしよう。

ふっ。

ふっ。

ふっ。

気分が軽くなったので午後は玉ねぎの苗を定植した。

種から育てて、もうずいぶん大きくなった。25センチぐらいに。

古い種を蒔《ま》いたせいか芽がひとつも出なかったほうれん草の畝や、野菜と野菜のあいだの空いている場所を探してあちこちに植えこんだ。

11月3日（金）

ミニカボチャがたくさんできた！

10個以上。刈り草置き場の隣に植えたから栄養が豊富だったのだろう。今はそこに白菜を植えている。自然農の白菜はすごくおいしいと聞いた。うまく巻いたらいいが。

今日も天気がよく、昼間は暑かった。

今やらなくてはいけないデスクワークをいくつかやった。

必要な事務機器を注文したり、買うかどうかずっと迷っていた高価なものを購入したり。

よしっ！と決意して購入。ドキドキした。

決心するまでにしばらく時間を置いたりして…。

それから新しいパソコンの作業。ちょっとやったら疲れて、今日はもういいかと終了。新しいパソコンのこまごまとした設定作業は本当に疲れる。きちんと調べればわかるのだろうけど、そこまでしたくないとも思ってしまう…。

どこまで関わるかの問題。そういうことが好きかどうかにも関係する。

来週、パソコン教室のおっちゃん、ヤマダさんが来た時にいろいろ聞いてみよう。


夕方、温泉へ。

今日は休日のせいかすごく人が多かった。たまにはこういう日もないとね。

いつも会うおばあさんが、このあいだ間違えて女風呂《ぶろ》に入ってきた白い長靴のおじいさんが昨日も間違えて入っていてここで体を洗ってたんだって、と教えてくれた。

へえ〜。

確かにぼんやりしてると間違えるよね。でも、こんなに間違える人が多いということは、10日ごとに交代という仕組みが難しいのかもなあ…。

サウナではひさしぶりのハタちゃんがいた。水玉さんと3人でポツポツしゃべる。

11月4日（土）

朝、庭を見回っていて発見。

獣が入ってこないように張っていた網が乱れてる。重石にしていた石が転がっていて、網がゆるっとまるで人が入ってきたような感じに。

人か！　獣か？　それとも風か？

厳重に針金で網の端を留めて、すそに重石を置いた。そして庭を見て歩く。地面の、石のまわりを特に。するとところどころに手でひっかいたような小さな丸い穴が開いていた。獣が入って来たのかも。小さいのが。

午後、太陽がジリジリ照らす中、青虫取り。芽キャベツとキャベツとブロッコリーにたくさんいた。少しぐらいならもう放っとくんだけど今日は特に目立ったのでピンセットとカップを手に青虫を探す。

そこへひげじいが通りかかった。昨日は遅くまで飲んでいたそうでまだ顔が赤い。作業しながらしばらく畑と道で話す。

温泉、今日は少なかった。

11月5日（日）

今日も暑い。

青虫取りをしてから、増えすぎたヤブカンゾウの球根を掘り出す。百日紅《さるすべり》の木の下でぎゅうぎゅうになっていたから。かなり掘り出した。

今日はタイ料理のトムヤムクンを作った。これも辛い。

袋に辛さが唐辛子の本数で表現されていて、いちばん辛い唐辛子5本が、先日の2つとこれとグリーンカレー。

トムヤムクンも辛かったけど具を多くしてどうにか乗り切る。

グリーンカレーの辛さは好きなので、これで他の辛さ5のものはすべて食べ終える。よかった。


温泉は、今日は人が多かった。サウナも珍しく多かった。

人生、50歳(~60歳)を過ぎたら徐々に深刻な問題は少なくなり、60歳(~70歳)を過ぎたらもう深く気にする問題はめったにない、というふうに生きたい。そうでない人は生き方や考え方のどこかに問題(妙な癖や偏りや執着)があるのだと思う。


私は昔から、「これから自分がどんなふうになっていくか」が、なんとなくわかるところがある。

今の感じだと、これから私は人から離れて自分の好きな独自の世界により没頭していくだろう。できるならばこういうふうに生きたいと願っていた暮らしをするだろう。

静かで単調、でも自分にとっては興味深い日々。

気長にコツコツ。

続けることでより森の奥まで行ける探検。

11月6日（月）

曇りのち雨の予報。

雨が降る前に畑へ。青虫を取る。

昼過ぎからひさしぶりの雨。ホッとする。

たまに雨が降らないと気分が変わらない。と、雨が降るといつも思う。

そうそう。あの温泉のモンステラの実について。

3本あって、熟して食べるのを楽しみにしていた。

先月から実がなくなっていたので、てっきりアケミちゃんがビニールで包んで保管してくれているのかと思っていた。そういうふうにして熟させるとネットで読んだので。そうしたら先週、アケミちゃんが、「あの実、クマコさんが切って捨てたんですって」と言う。

「えっ？　どういうこと？」

ビックリ。

あんなにみんなが楽しみにしていたことを知らなかったのかな…。初めて花が咲いて実が生《な》ったのに。

「来年、また咲くかな」とつぶやくと、

「咲かないよ！　ここに来て8年。初めて咲いたんだから」

で、私にもクマコさんに聞いてみてと言われたので昨日、帰りに聞いてみた。

「クマコー、あの実…、ないけど、どうしたか知ってる？」

「ああ。切って捨てたよ。1本、下の方が腐ってきてたから落ちてきたら邪魔くさいと思って」

「えっ！　食べるのを楽しみにしていたのに…」

「こんなところのなんか食べられないよ。熱帯植物なんだから」

「ビニール袋に入れて熟させるらしいよ…。残念。来年も咲くかな」

「咲くよ」

やっぱり切って捨てたんだって…。ガックリ。

でもまあ、私の持ち物じゃないししょうがないか。

さて来年、咲くか、咲かないか。咲いたら今度こそ保管してもらおう。

11月7日（火）

朝、4時に目が覚めてしまった。

しばらくベッドの中で動画を聞いたり、目をつぶって眠る努力をしたけど眠れないので6時に起き上がる。

最近5時間ぐらい寝たら目が覚める。それで快調ならいいけど昼間にぼーっと眠くなるからたぶんそれでは睡眠不足なんだろう。できたら11時に寝て6時に起きる、みたいに7時間は眠りたい。

薄暗い中、起き出して、台所でゴゾゴゾ。棚の中を片づけたり。

昔買った山中塗りのボウルを包んでいた薄紙がボロボロになっていたのできれいな薄紙で包み直す…なんてことをやる。ふふ。

それにしても…と、こんな眠れない時間にはいろいろなことを考える。

宮崎に引っ越して2年半たった。

やっと慣れてきて、自分の世界、考えにスッと立ち返った気がする。

引っ越したすぐは周囲の状況や人、もの、こと、に慣れず、それらを自分の環境にすり合わせることに右往左往していた。そういうことは今までも同じだったと思う。

1～2年はあたふたしている。あちこち軽くぶつかったりしながらだんだん落ち着いて、自分らしい環境を整えていく。

去年は屈辱的なことがあり、かなり気持ちがダウンしたけど、今はそれも薄れてきて、原因もだんだんとはっきり見えてきた。

うっかりと見知らぬ沼地に足を踏み入れてしまったのがいけなかったのだけど、それは足を踏み入れるまではわからなかったのでしょうがない。

でもそこまでの道に注意する点がなかったかと胸に問えば、実はあった。私がゆるかった点がある。本来なら進むべき道ではなかったのに、甘く、自分を許したのだ。

欲をかいた、ともいえる。そこが入り口で、かいた欲が試金石だった。

そのまま進んだ結果、とんでもない屈辱感を味わわされる結果になった。「えっ、どういうこと？」というクエスチョンマークがいくつも浮かび、この一連の流れってとっても失礼なことでは…と思ったのだけど、別にその相手が悪いのではなく、その人は無自覚だった。その人のテリトリーの中で普通にやっただけ。間違いは私がルールの違うその世界に入り込んでしまったことだ。

世の中には、私が知っている、今まで生きてきたルールとは違う場所があり、そこはそこでちゃんと機能していて、それぞれがこの社会に、ちょっと離れて共存している。

違う場所に無防備に足を踏み入れた私の落ち度。

普通、そういう時は違いをよく確認して、事前に調整してから足を踏み入れなければいけない。

でもわからなかった。ものごとは複雑に絡み合いながら進んでいるので正確な判断は常にむずかしい。

でも、それらももうすべて過去の霧の中、だ。

時は過ぎて、こんなことをひとりで思いわずらうの、バカみたい。

これからはじっくりと落ち着いて、自分の場所を見つめ、自分の快適さを追求したい。オタク的にまっすぐに。それをやったらいけないんじゃないかと、いつも自分を止めるものがあったが、それさえも振りほどいて、自分の心からの要求、それに従ってこれからは生きていきたい。そうしたらどうなるか、どういう感情を覚えるか、それを見てみたい。

それの流れでさっき、山中塗りのボウルの包み紙を取り替える、ということをしたのです。

この流れを続けていこう。

今、一度、確認する。

この包み紙の流れから先は、重々慎重に。

この流れを、この道を、踏み外さないように生きていこう。

外からはその変化はあまり見えないだろうが、内的には大きく変わるだろう。


…というようなことを考えながら、庭を一周。

あちこちをチェックしながら回るこの一周が大好き。

7時10分。小学校の玄関前に、早く来た小学生が数人、扉が開くのを今か今かと待っているのが見える。すごい。こんなに早く来るんだ。

離れの物置小屋に入って、中を見てみる。これはもういらないな。古いオーディオコンポ。ふちの変色した収納ボックス。捨てるものを外に出す。


好きなことをする。

今まで、私はわりと好きなことをして生きてきたと思うけど、それでもまだまだしていない、って思った。

好きなことをする、したいことをする、好きなように生きる、っていうのは底知れない。どこまで行けるのだろう。

好きなことをするって、それはたぶん目立つこととか、派手なことではない。人から気づかれないことかもしれない。

でもまだ限りなくある。

7時半。小学校を見ると、もう子供たちは校舎の中に入り、廊下を歩いたりしている。声が聞こえる。先生の姿も見える。だんだん賑《にぎ》やかになる朝の風景。

声に出すと神秘性が失われる。

そう思った。

声に出されていないものの中に、あるもの。無数にあるそれら。

言葉にする、ということ。

言葉にしない、ということ。

そうすると、言葉にするということの重要性もまた思い当たる。

言葉にするという重要性。言葉にしないという重要性。

言葉にしないことの受容性、も思う。

そういうことを考えながらこれからやっていこう。

さて、今日もいい天気。すごく暑い。

畑で青虫を探したり、グミの木に絡みついたニガカシュウの実を高枝切りバサミで採ったり。これは疲れた。

お味噌《みそ》屋さんから3種類の味噌を購入したので、それぞれの味噌でお味噌汁を作って食べ比べてみた。うーん。合わせ味噌と胚芽《はいが》米味噌が好きかも。もうしばらく食べ続けてみよう。

白菜が巻きかけている。ついに今年は白菜を食べられるかも。菌ちゃん畝の芽キャベツと白菜、刈り草置き場の脇の白菜が大きく育っていて、こんなに大きい葉野菜ができたのは初めて。養分があるということはこういうことかと目を見張る。同じ芽キャベツの苗をあと2ヵ所、普通の畝に植えている。ひとつは中ぐらい、もうひとつはとても小さい。それらがすべて同じ苗だなんて。小さいのを1とすると、1対3対6ぐらいに見える。

11月8日（水）

迷惑メールが少なくなってきた。先週は1日100通以上あったのに今日は15通。プロバイダーの振り分けサービスが効いてきたか。

朝早く、ひさしぶりに水を買いに行く。7時に出発した。この時間帯はけっこう車が多いんだな。

給水所に人はいなかった。よかった。20リットル入れて、山の方の道をドライブして帰る。この道、いいな。今度からこの道にしよう。

途中の集落の四つ角に手作りの田の神様がたくさん並んでいた。古くなって黒く汚れている。これはずーっと前に写真を撮ったやつだ。汚れっぷりがおもしろく、Uターンして写真を撮る。

今日は歯のクリーニング3回目。

歯根嚢胞《のうほう》を持つ右上の奥歯の歯茎が下がってきて歯の付け根が出てきた。そこを舌で触るとかぶせもののふちが尖《とが》ってるように感じると先生に伝えた。

どうやら虫歯にもなっているようで今日、CTをとった。その結果、次回からその歯の根の治療をすることになった。完治は難しいけど治療することで延命しますよとのこと。

今日も緊張した。

帰りがけ受付で先生が友人と作ったという天然ハーブのバスソルトをもらった。いい匂い。先生は講演や出張で忙しいのにこんなことまで。忙しいのが好きなタイプかも。

いい天気なので午後はえんどう豆と絹さやの種まきをしよう。時間があったら庭の木のチェーンソーを使った剪定《せんてい》もやりたい。ずっとやりたかった。

剪定はできなかった。

えんどう豆と絹さやの種まきを終え、ふとさつま芋の葉が目に入った。寒くなって葉っぱがところどころ紫色に変色している。でもまだまだ元気だ。まだ大きくなるかもしれない。でも、少しずつ掘ってみようか…。

このさつま芋は去年採れたさつま芋を春に土に埋めて、芽が出るのを待っていたけどなかなか出ず、6月になってやっと芽が出てきた。世間ではもう茎を植えているというのに。ゆっくりとその成長を待ち、7月上旬、ついに植えられるほどの長さになったので切って植えた。14本採れた。

それが育ったものだ。感慨深い。先日、ちょこっと掘って2個、食べた。

今日は4本ぐらいを掘り起こしてみた。するとけっこう大きいのができていた。うれしい。表面もきれい。だんだんきれいな芋が採れるようになってきたなあ。

ということで、チェーンソーを使った剪定は後日。

温泉へ。

ハタちゃんがいたのでサウナでいろいろ話す。夜中に目が覚めた時の対処法、今年はズワイガニが安いんだって、など。

ちなみにいつも夜中の2時から4時まで目が覚めてしまうというハタちゃんは、寝ながらラジオで音楽を聞いているそう。私は、どうしてもパッチリと目が覚めてしまった場合はもうあきらめて起きて、お腹が空《す》いていたらご飯を食べたり、お皿を洗ったり、いろいろするよと話す。

帰り。受付にいたクマコが柚子《ゆず》を1個くれた。もらったんだって。

11月9日（木）

今日はパソコンのおじちゃんが来てくれた。

メールの設定やデータの保存、コピー機関係、いろいろやってもらった。わからないことをバーッと質問しながらドタバタと。

途中、お茶でも淹《い》れようと手に取ったガラスの急須《きゅうす》の蓋《ふた》を落として割ってしまい、ガラスが飛び散った。あわてて、ゆっくり、カケラを拾って掃除機をかける。それでお茶は淹れずじまい。

とりあえず気になるところをやってもらって、あとは自分でやりながら進めて行こう。

1時間40分かかった。

「いくらですか？」と聞いたら、「今日はいいですよ」と、どうしても受け取ってくれない。このあいだのことが心残りだったみたいで。

えーっと思ったけど、「じゃあ、またわからないことがあったら相談します」と伝える。そして車に乗って動き出そうとするところに走って行って、「これ、私が絵を描いたんです！」と手ぬぐいを2枚、グイッと差し出す。受け取っ

てくれた。

手ぬぐいならだれもが使える。作っといてよかった。こんな時に役立てよう。

ふぅ。いい天気。

迷惑メールも少なくなったし、今までのパソコンがまだ使えそうなのであわてることはない、と思えてきた。

なんだか気分が楽になって、庭を散歩。

前に作った菊コーナーに菊が3種類咲いている。他にももっと植えたんだけど残っていて今咲いているのがこれだけ。

けっこう広がってるなあと見つめる。小菊の、オレンジ色っぽいのが欲しいなあ。海老《えび》茶《ちゃ》色みたいなのも。もっと増やそう。どこかで苗を見つけたら忘れずに。

気分がいいから、見に行ってみようか、今から。ナフコに。

行ってきました。ついでに日用品も買ったので全部で5カ所も回った。

ナフコに行くために右折しようとしていたら車の列が途切れない。待ちきれなくて右折するのをやめて、そのまま直進。他のホームセンターへ。

小ぶりで安く、しかもけっこう渋い色のビオラがあった。黒っぽい紫や白、3色の。

7つ買う。それとガーデンシクラメンを3つ。これは初めて買ってみた。今まであまり好きじゃなかったけどもしかすると裏庭に似合うかもと。

のんびりいろいろ買い物するのはひさしぶり。ほかには好きなナッツ（マカデミアナッツ）があるお店に行って2袋買ったり、ゴマ油や牡蠣、ティッシュペーパーなどを買った。

実は、買いたい気持ちが喉元（のどもと）までこみあげてきて、それでもグッと我慢したものがあった。それはホカロンの靴下。

「ポカポカ」とカタカナで一面に書いてあってとても分厚くてかわいかった。暖かそうだった。でも靴下はたくさん持ってるから。

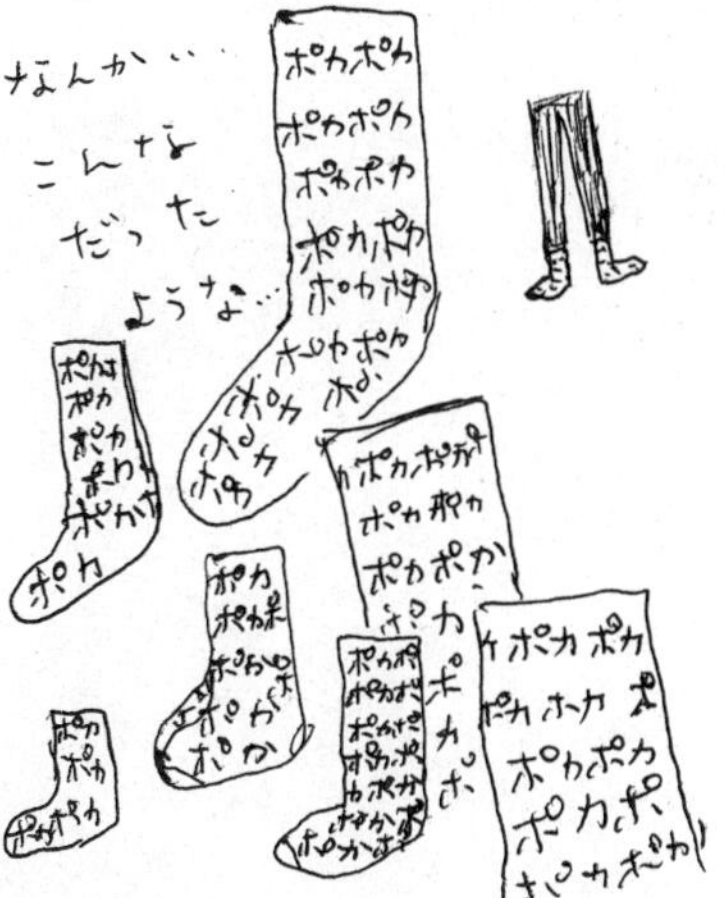

あたたかいいい秋の日だった。

小菊、ネットで探して買おうかなあ…。もうあんまりいろいろ買わないようにしよ

なんかいこんなだったような…

ポカポカ
ポカポカ
ポカポカ
ポカポカ
ポカポカ
ポカポカ
ポカポカ

うって思ったけど、安いのだったらいいよね…気分的に。

そういえば、2年半前、こっちに帰ってくる頃に買いたいって迷ってた毛布、ついに買った。こないだ。どうしても、やっぱりほしくて。縁取りのステッチが決め手だった。そこが好き、と。その時に買いたかった色じゃなくて薄いベージュ色のにした。

そして届いて、あれ？　思ったよりも薄い。毛布とばかり思ってたけど、ブランケットって感じ。今、ベッドカバーのように布団の上にかけている。目に入るたびににっこり。縁取りのステッチはその名の通り、ブランケットステッチというのだった。


友だちとは、近くにいる、たまに会いたい人のこと。

信頼とは、時間をかけて築くもの。


さまざまな色の小菊、注文しました。7つ。

きゃあ〜、楽しみ。菊コーナーを充実させよう。

11月10日（金）

雨。うれしい。

明け方にまたある考えがふっと浮かんだ。

私はこれから、特に今まで意識してやってこなかった「自分への自信を強める」ことをしなければいけない。今まではいろんな人にいろんなことを学びに行っていた。あまり自分に自信があると学びに邪魔なので、わりと自分は無の心になって吸収していた。自分というものを強く出さず、薄く薄くして。

でももうその時期が終わったので、自分の自信を増やしてもいい。あまりにも長くそれをしてこなかったからかなり慣れないけど、これから戻していこう。

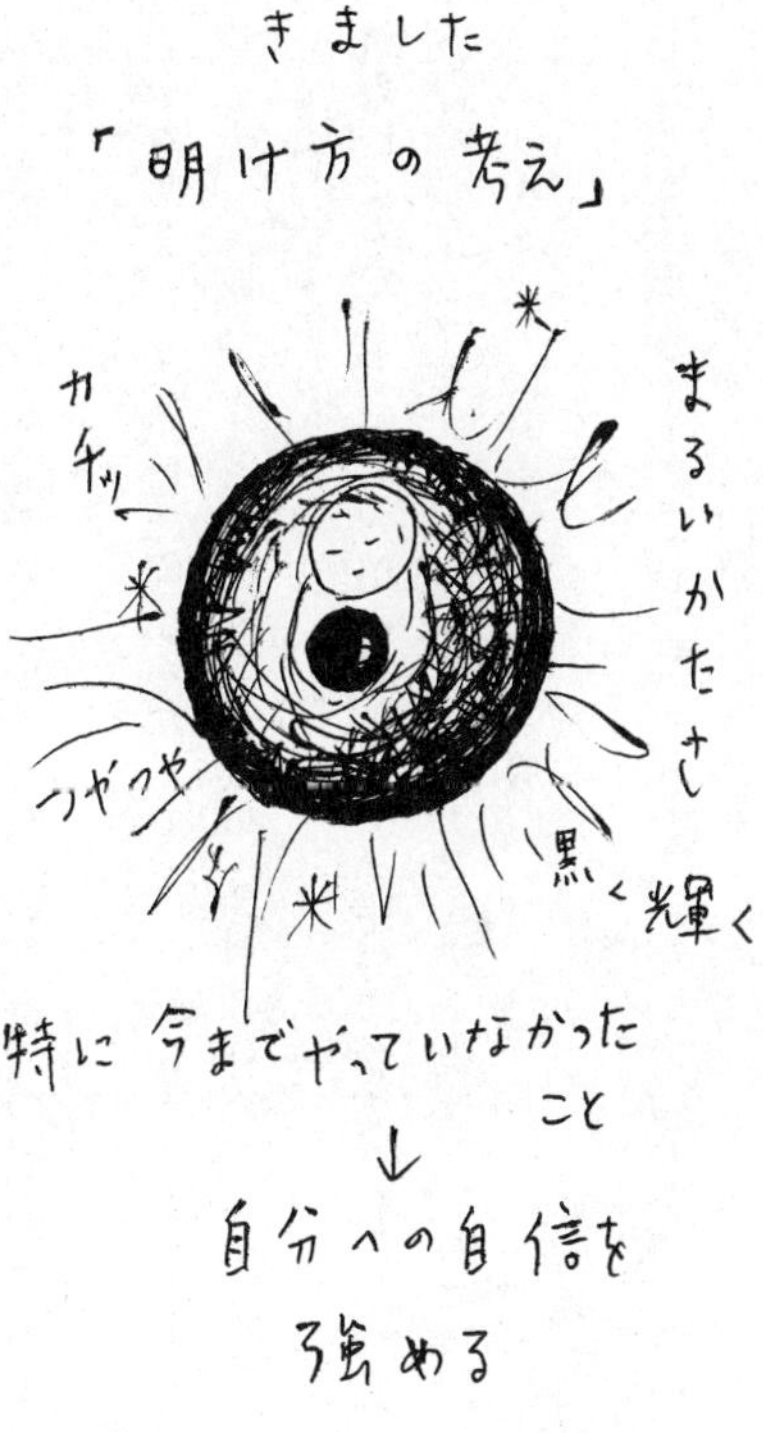

今まで、物事をスムーズに運ぶために小さくしていた自分の自信を、生まれる前の強い自信に戻す。

かっちりとした黒く光る玉が目に浮かんだ。心の中に硬い玉。それを取り囲むように外側にも黒い丸。黒曜石のように黒く輝く球形。それを作ろう。

しっかりとした自信を取り戻そう。

人に見られないようにここで、人から離れてその作業に取り組もう。なにしろ人に会ったり世間話をしたりすると、どうしてもいったん力が弱まってしまう。

今こそできる。やっとこの時がきた、って感じ。

さて、今日から竜王戦第4局。小樽にて。楽しみ。今局で防衛が決まるか。でも伊藤七段にも勝ってほしい。今局は伊藤七段を応戦したい。

お昼は大好きなグリーンカレー。鶏《とり》の手羽中で作った。畑のミニカボチャも入れた。

そして、うすら寒くなってきたのでついにコタツを出す。

すばらしく温かみのある陣地が完成。これから半年、私の日常はここでの穴倉暮らし。

11月11日（土）

第4局二日目。小樽は雪が降ったそう。

私は対局をチラチラ見ながら、洗濯したり、干したり。

洗濯物を干しながらふと庭先の柊《ひいらぎ》木犀《もくせい》の枝ぶりが気にかかる。ちょっと枝抜きをしよう。剪定《せんてい》ばさみを持って来てチョコチョコ余計な小枝を落とす。葉っぱのとげとげに触れないように気をつけて小枝を落としながら、暇空茜《ひまそらあかね》のジャニーズ問題に関する深い考察を聞く。ふむふむ。

そういえば武田《たけだ》邦彦《くにひこ》先生、参政党と揉《も》めているなあ…。宮沢先生は京大を辞めることになったそう。

今夜の夕食に牡蠣と百合根のアヒージョを作ろうと思い立つ。

今から庭の百合根を掘り出してみよう。

鬼百合《おにゆり》が蠟梅《ろうばい》の近くに密集して生えているので今年は掘って食べてみようと思い、茎が枯れる前に目印の棒を刺しておいた。8本分。

で、その棒を目指してスコップで掘ったら、しまった！

土の中の様子がよくわからず、ざっくりと半分に割ってしまった。無事なのが2個、半分に割ってしまったのが2個。あと4個は今度。

今後の方針。

「自分が弱まることをしない」

「気が進まないことをしない」

「イヤなことを考えたらすぐに切り替える」

アヒージョを作って食べてみた。

庭の鬼百合の百合根、最初、ちょっと苦いような気がしたけど、大丈夫だった。食べられない百合根は本当に苦いらしいから。生焼けのヤブカンゾウでお腹が痛くなったことを思い出して心配だったけど、一片一片、洗ってきれいにしていた時の感触が今までスーパーで買って食べていた百合根と同じだったからたぶん大丈夫だろうと。

ホクホクしておいしかった。次は、炊き込みごはんや梅肉和《あ》えを作りたい。（あとで調べたら、食用の百合根以外は食べたら危ないのだそう）

日本保守党の大阪街宣は人が集まりすぎて中止。梅田《うめだ》といえばあそこか。カーカとたこ焼きを食べたとこ。「はなだこ」だっけ。そこの食堂街のトイレに入ったら段差があって転びそうになったっけ。

有本香《ありもとかおり》さんが話すことはわかりやすいし、軸がぶれない。こんな人が日本の政治に携わってくれたらいいなあと思うので頑張ってほしい。

百田《ひゃくた》さんもいいところはいいんだけど、時々大きく口を開けてあくびしたりして気持ち悪いと思うことがある。でもそうすると毎回有本さんがサッと手を伸ばして隠そうとしてくれる。あれを見ると有本さんの視聴者への気づかいや百田さんへのやさしさ、臨機応変なバランス感覚を感じる。

11月12日（日）

今日は気温が低い。

外に出る気があまりしなかった。

山岳遭難動画を見つけるとなぜか見てしまう。すごくリアルに想像してしまった。山の落雷って怖いんだな。ドキドキドキドキ。あまり見すぎないようにしよう。

靴下、またネットで買ってしまった。10足も。さて、履き心地はどうだろう。お、悪くない。

温泉へ。

受付にアケミちゃんがいて、「モンステラのこと聞いた？」と聞いてきた。なので「うん」と言って話したことを教えて、どうやら私たちが本当にあれを食べるつもりだったとは思ってなかったらしいと伝える。

「来年、生《な》ったら食べようね」

そしたらアケミちゃんが、「ポポーって知ってる？」と聞いてきた。

「うん。知ってる。ふるさと市場に毎年出してる人がいて、今年も食べたよ」

「すっごくおいしいよね～」

「クリームみたいだよね」

「ポポーの3年苗を買って植えたから、来年、もし生ったらあげるね」

「うん。私はポポーと見た目が似てるフェイジョアの苗を植えたの。まだ実は生らないけど」

「それは知らない」

「できたらあげるね」

どうやらアケミちゃんは果物好き。そしてお風呂場《ふろば》の入り口にいつもきれいなお花を活《い》けてくれる。

夜。さつまいもの茎炒《いた》めをまた作る。ジャーッと炒めて。これはおつまみにいい。メインは大根と豚肉のしゃぶしゃぶ。
私の畑の大根。今年、種採りして蒔《ま》いたら大根と青大根が交雑したのか上が緑で下が白の大根ができてしまった。カブとも交雑したみたいで、まるまった寸胴のカブ大根みたいなのもあちこちに。

11月13日（月）

午前中は曇ってて寒かった。

午後、陽射しが出てきたので畑に春菊を植えつける。とても小さい苗なのでどこまで育つかわからない。

次に、庭の菊コーナーに買ってきた菊を植える。あとビオラとガーデンシクラメンもサササッと。


温泉は空《す》いていた。

サウナで水玉さんに「映画を見に行く趣味はないよね?」と聞く。なさそうだった。

実は「ゴジラ－1.0」がおもしろいという評判を聞いたので、私はゴジラにはまったく興味はないけど見に行きたくなっていたのだった。

どうしよう。

家に帰って、いちばん近い映画館、イオンタウン姶良《あいら》にあるシネマサンシャインを調べてみた。明日《あした》の2時からの回の予約状況を見てみたら真ん中の席がひとつだけ予約されていた。あら。空いてていいな。静かに鑑賞できそう。

うーむ。見に行こうか。

その人のすぐ近くは避けて、4席離れた席を予約した。

ついでにお昼でも食べようかな。鹿児島の名物ラーメンが2軒あったのでどちらかで食べよう。帰りに何か買って来よう。だんだん楽しみになってきた。

11月14日（火）

明け方、またイメージが。これは以前からたまに思うこと。

人と人との関係はある閉じた小さな空間を形作る。そしてその中で支配者と被支配者とに役割が分かれることがある。

最少はふたり。友人、恋人、夫婦、親子など。それからだんだん数が増えて、友人グループ、趣味の教室、学校のクラス、社長と社員、スターとファン、宗教、国家規模では政治家と国民、などなど。

ある閉じた空間でのそういう支配、被支配の関係は、麻薬のような作用を生み出し、外の人にはあまり伝わらない、理解できない世界を作り上げることがある。その中でどんどん独特な深みに嵌《はま》っていってしまう。

それが自分にいい影響を及ぼす程度ならいいけど、いつのまにか自分が奴隷のようになっていてそこから抜け出せない関係になった場合、それに気づけたら早急にそこから抜け出す、とび出すべきだ。共にアリ地獄の底にひきずり込まれる前に。そういう一方的になった関係に明るい未来はない。

でも、そのままの関係で一生を終える人もいるにはいる。その関係のいびつさに気づかない人もいる。気づかない集団もある。…考えると複雑だね。

さて、今朝は気温が低かった。畑に行くとじゃがいもとさつま芋の葉っぱが一気にしぼんでいた。初霜が降りたんだ。これはもう掘り出さないとなあ…。

予定通り、11時過ぎに家を出る。いい天気。見上げると雲ひとつない青空。高速を使わず、普通の道でトコトコドライブ。1時間ぐらいで着いた。

おやつを物色する。さつま揚げ、どら焼きなどを買った。

それからフードコーナーでラーメンを食べる。鹿児島の人気ラーメン店だけどチェーン化しているということは、味が何となく想像できる。

目の前のカウンターで、「こうやるんだよ」とドンブリに麺《めん》を入れながら先輩店員が新入りに作り方を教えていた。

ラーメンが出てきて、食べる。おいしかったけど、ふつうだった。

そしてゴジラ。映画館はきれいだった。お客さんは300席ほどのシアターに30名ほどか。

見終えた。うーん。なんかバカみたいだったたな。でもゴジラが出てきたところだけ

いやなところからは
とび出す！

は目がぱっちり開いた。そしてゴジラのテーマソングとゴジラの咆哮《ほうこう》も好きだった。

そういえば褒めていたのは岡田斗司夫《おかだとしお》とか髙橋洋一《たかはしよういち》とか映画好きユーチューバーとか高齢な男性が多かったなあ。ゴジラ好きや飛行機や船好きのマニアたちにはおもしろいのかも。細かいところをマニアックに見ていくと、それはそれでどこまでも楽しめるものだからね。

ちょっと趣味が違ったわ。

「キラーズ・オブ・ザ・フラワームーン」の方にすればよかった…。

で、帰りにカレイの煮つけ用にカレイと、タコぶつ、カットりんごあめとチョコを買う。

りんごあめ、ちかごろあちこちで見かけるけど一番おいしいのは私の好きないつものところ。リンゴもあめも全然違う。

外は夕方の景色。帰りは高速で。

オレンジ色の夕方の光が斜めに射していた。

夜。そうそうと思い出し、来年の手帳を注文する。いつもの。去年は大きさを間違えたので今年は間違えないように何度も確認した。

11月15日（水）

晴れ。

午前中は家で事務作業。

午後、畑に出てさつま芋とじゃが芋掘り。さつま芋は掘り終え、じゃが芋は4つ掘った。残りは明日。

さつま芋のつるが好きなのできれいなところを切って帰る。これは保存できるのだろうか。

さつま芋、今年は60個ぐらいできた。この半分でいいかも。苗を今年は14本植えたけど、来年は7〜8本にしよう。

ヤツガシラを初めて掘る。まだ小さかったけどいい感じ。つまみにぴったり。

畑で作る野菜の適量がだんだんわかってきた。作りすぎないようにしよう。少ないぐらいを大事に食べる方がおいしいし、作業も楽だ。

食料は少量の方がおいしい。

備蓄について。私は何か起きたら、その時に考えることにする。

さつま芋のつるのニンニク炒め。チーズをのせたらおいしかった。

カレイの煮つけはうまくできなかった。煮汁の水が多すぎたのかもしれない。

11月16日（木）

明け方の考え。

私たちは「好きなことを好きなようにする感覚」を忘れている。

ここで「好きなことをする」というのは、「夢を叶《かな》える」みたいな大きなことではなく、身の回りのごくささいな行動についてのこと。

好きなことを好きな仕方ですること。食べる、話す、見る、聞く、動く、くつろぐ。

食べたいもの、食べたい時、食べたい量、食べ方。

話したいこと、話したい人、話したい時、話し方。などなど。

それを体に思い出させなくては。頭に聞いたらだめ。目を閉じて、体に聞く。

これが本当にやりたいこと？

やりたい仕方？


さて、今日は長く寝たせいか、とてもいい夢を見ることができた。

空をまた飛んだ。かなり高く飛んで、一瞬、オッと怖くなったほどだった。下に広場が広がっていて人が小さく見えた。

空を飛ぶときのあのコツを思い出す。息を吸って、吐く時の背中への力の入れ方。タイミングがずれるとうまくスーッと上昇できない。低いところを横に移動するばかりで上に行けない。

夢にはいろんな人が出てきて、おもしろかった。会社の愉快な同僚たち…。


今日から天気が崩れるらしい。

仕事をしていたら友だちがちょっと来た。

先日友人4人でのランチを誘われたけど、「4人は多すぎる」と断った。そのランチに3人で行ってきたそうでクッキーのお土産。

庭と畑をゆっくりめぐりながらのんびり話す。

「あのメンバーでもダメなのか」と驚いたそう。

うん。そうなんだよね。私には。それが私で、それを知ってもらって、判断は自由に、というところ。

さつま芋1個、じゃが芋2個、ミニかぼちゃ1個、里芋1個、さつま芋の茎を片手にのるくらい、あげる。少ない方が味わえるよ。

じゃが芋の残りを掘り上げる。あまり大きいのはできなかったけど、きれいなのができた。

畝の土を少し取って畑のまわりの道の補修。斜めになっていて、そこを通るたびに不安定な感じがしていたからよかった。

11月17日（金）

私が密《ひそ》かにグルメ先輩と思っている人がいて、その方が薦めていたスプーンを買った（ついでにフォークとナイフも）。それは「サクライサックススーパー700　ゼウス」というシリーズ。ステンレスのクロームとニッケルの含有量が20－20で、鉄の味がしないという。鉄の味のことはあまりわからないが、「これに慣れるとこれしか使いたくなくなる」とのこと。へーっ。どんなだろう。興味ある。で、注文した。

届いて、すぐに口に入れてみた。確かになんか違う。他のと比べてみた。他のはわずかに鉄の味がする。

自分だけの3点セット。これからはこれと木製の漆塗りのだけでいいかも。お箸《はし》はいつもの細い竹のお箸。

今、仕事部屋をゆっくりと整理していて、その時に出てくる過去の新古本にサインを入れてたまに販売している。今日はそれの発送にヤマトに行った。

その帰りに買い物をする。

カレイがあった。このあいだうまくできなかったことが悔やまれる。私はカレイの煮つけの、カレイの煮つけだけにしかない「ある味」が好きだ。それで、リベンジしたくなってまた買った。


深さのある丸い竹ざる。大中の2個、最近見ないな…と、ふと思った。

置いていたはずのガレージと物置小屋を見たけどない。

あれ？

2回ずつ見た。家の中も捜した。

ない。

ふたたびガレージと物置小屋を捜す。

ない。

どうしたのだろう。

ガレージのシャッターが壊れていたあいだに盗まれたのだろうか。チェーンソーや草刈り機は盗まれず、竹ざるだけ盗まれるなんてことあるだろうか。

気持ちが暗くなって、それでも家中をあちこち歩き回って捜した。

どんなんだったっけ、と思い、たしか去年梅干しを干した時に使ったからつれづれに写真が載っているはずだ。

去年の写真を見てみた。

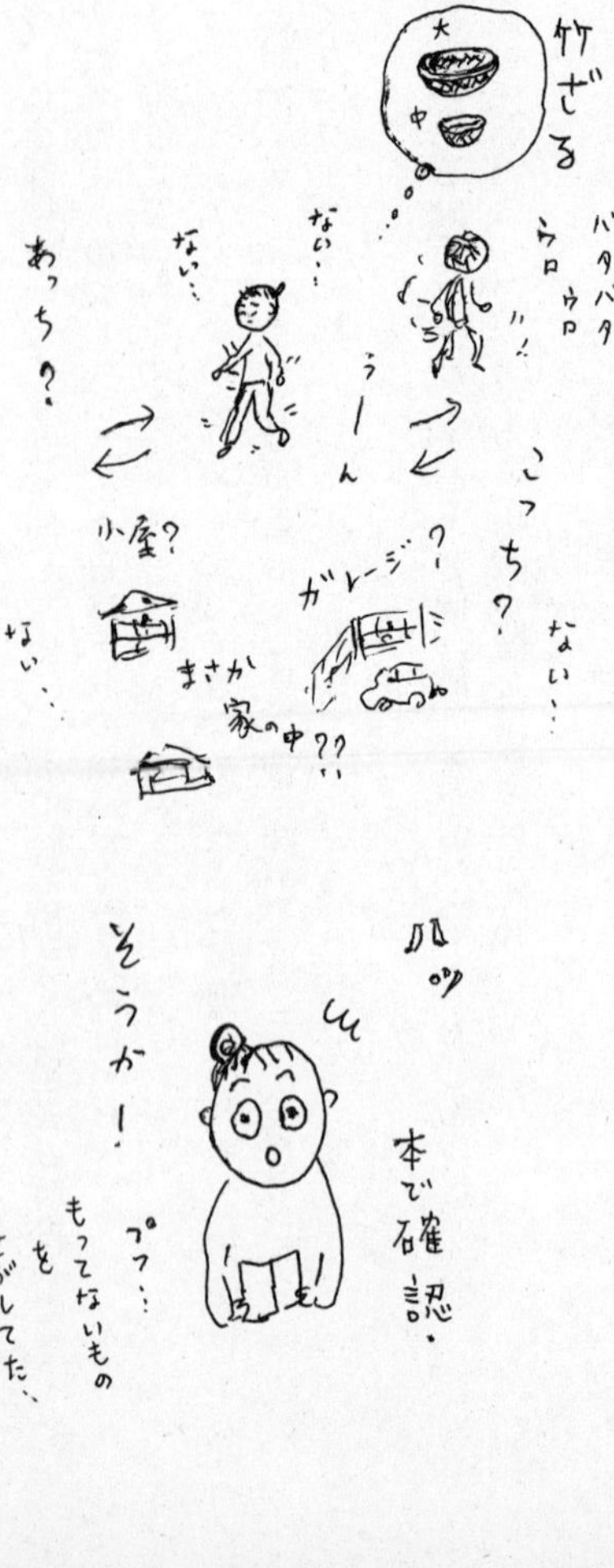

すると、平べったい竹ざるの大きいのと中ぐらいのを使ってる。平べったいのなら物置小屋にある。

そうか…。丸いのは持ってなかったんだ！

丸い竹ざるの大中を欲しくて、まだ買ってなかったんだわ。

持ってるとばかり思っていた。私の勘違い。きゃあ〜。笑える。もともとなかったものを捜していたなんて。気をつけよう。


温泉へ。

入ってる途中、停電になってみんなびっくり。暗い温泉もおもしろい。

水風呂《みずぶろ》に入っていた時、ゴジラのことをふと考えた。もしかすると私はネタバレ解説を見て行ったからあまり楽しめなかったのかも。何も知らずに見たらもっとおもしろかったかも。

家に帰って細かい小ネタ解説動画をいくつか見たら、ゴジラの歴史的背景や人々の並々ならぬ情熱を感じた。これは失礼。いろいろ奥深いものがある。

11月18日（土）

今日の迷惑メールは5通だった。どんどん減ってくる。慌てなくてもよかったか。

ノートパソコンもまだ壊れていない。

夜中に雨と風が強く、朝起きて庭を見て回ったらまたなにか獣が入ってきた痕跡《こんせき》があった。小さい穴がボコボコ開いている。

ふーむ。

今日は気温が低いので家の中で仕事をしよう。

菊コーナー用に買った小菊が3色、3本届いた。日本小菊の種も買ったので来年の春は種から苗をたくさん作りたい。

カトラリー類を入れている引き出しを開けてみた。たくさんのスプーンやフォーク。もうあれがあるからこれは整理しよう。床に広げて、分ける。

3つのかたまりに分かれた。

色が変色したおもちゃみたいなのと使ってないお箸は捨てる。バリ島で買った鉄製の重いカトラリーは好きなので捨てずに物置へ。人が来た時用のはまとめて縛って引き出しの奥へ。

すぐ使うところには、ゼウスシリーズと竹の箸のみ。それと木製スプーン。

おお、すっきり。

このあいだ買ったのはカレーなどを食べる用の普通の大きさのスプーン類だったので、デザートなどを食べる時の中ぐらいのとカップをかき混ぜる時の小さいのを、スプーン、フォーク2種類ずつ計4本を追加注文した。

カトラリー類を10分の1ぐらいに減らせた。

こんなふうにして、服も、そのほかのものも、徐々に「これ」というのを決めて、数を少なくしていきたい。そうしたら生活が楽になるし、たぶん楽しくなる。


このあいだ買った靴下10足、床の上に並べていた。

私はよくこういうふうに買ったものを見える場所にしばらく置いておく。すると見るたびに気分が上がる。でもだんだん邪魔になってきたのでクッションの上に移そう。

11月19日（日）

今日は夕方から将棋のJT杯があるのでそれまでにいろいろな作業。

畑から土を持って来て、菊コーナーに3色の菊を植えつける。ついでに庭の他の場所に咲いていた白い小菊も1本、移植した。

殺伐としているこの場所に菊をたくさん増やしたい。

11月20日（月）

いい天気。

ひさしぶりに畑でのんびりすごす。

生姜《しょうが》を2個だけ植えたのを掘り出したら、すごく大きくなっていた。おお。

アスパラの枯れた茎を切ったり、小さな高菜を移植したり。

ぽかぽか暖かくて、作業するのがとても気持ちよかった。

これこそが至福。


このあいだ竹ざるを捜したことを思い出す。

持っていないものを必死で捜したあの出来事はとても示唆に富んでいたなあ、と。

もしかするとそういうことって形のあるものだけでなく、精神的なことでもあるのかも。持っていると思い込んでいるけど実はもともと持っていないものを、持っていたと勘違いして、「ないない」と必死で捜して、しまいには盗まれたのかもとまで考える。


私は美しかったのに。どうして美しくないの？

私の美貌《びぼう》はどこ？
ここ？　あそこ？
どこにもないわ。
なぜ？
おかしい。
誰かのせいよ。何かのせいよ。
私は美しいはずなのに。

あれ？　お金がない。へんね。私はお金持ちのはずなのに。
おかしい。お金はどこ？　ここにあったはず。
ない。
ないわ。
どこにもない。
おかしい。
盗まれたんだ。
ここにあったはずなのに。

私は幸福だったのに、幸福なはずなのに、どうしてそうじゃないのだろう。
幸福は？　どこ？
たしかここにあったはず。
ない。
じゃあ、あそこ？
ない。
おかしい。だれかに盗まれた。
私の幸福を。

…もともと持っていないものを持っていたと勘違いして捜し回る。
それは勘違い、思い過ごし、自分勝手な、ただの空想、単なる妄想。
なのかもしれないね。

庭の木を見ていた。
高くなったシラカシ。その隣の紫木蓮《しもくれん》。
それからヤマボウシ、あっちの桂の木。
伸びている上の方を伐《き》った方がいいかも。このまま伸び続けたらそのあとが大変。

そう思ったらいてもたってもいられなくて、いつもの剪定《せんてい》のおじさんに電話した。

するとすぐに見に来てくれた。

そして、それらを伐るとしたら来年の3月初めごろがいいかもしれないですねと。

なぜかホッとして、「では3月にまた」。

それまで自分でできる範囲でコツコツ剪定作業をしていこう。ゆっくりと。

11月21日（火）

今日もいい天気。これが3日続くらしい。そのあと急に寒くなるようだから今のうちに畑と庭のやりたいことをやっておこう。

宿根草の移植もやりたい。


人が来た時、あるいは人との交流のイメージが朝、頭に浮かんだのでイラストに描いてみた。

人が家の玄関のインターホンをピンポーンと押す。

家の中でくつろいでいた私はあわてて、人前に出られる服かどうか、髪の毛は？　顔は？　と確認する。大丈夫だったら、「はーい」と言って、誰が来たのかをチェックしてから、出る。

外から家に帰ると私は、玄関の鍵《かぎ》を閉め、家の奥にずんずん入っていく。ひとつ部屋を抜けるたびにひとつずつ心の服を脱ぎ、最後の部屋ではすべて脱いで本来の姿に戻る。

それは形のないアメーバ状の雲みたいな、ヒマワリの影みたいなもの。その姿で、そこでゆったりのんびり、平和に楽しい気持ちですごす。そこには時間もなく、世間もない…というイメージ。

人が来ると、その反対の動きを急いでしなければならない。なので慌てる。

奥の部屋の状態ですごす時は楽しい。

挿し木牧場で育てていたパイナップルセージ2本とシモツケ2本を庭に移植する。鉢で育てていた黒イチジクも地植えにした。

畑ではじっくりのんびり。野菜を見たり、畝を整えたりする。

温泉の水風呂《みずぶろ》で水玉さんが「ねえ。フェイ…ジョンって、知ってる？」と聞いてきた。

「知らない。それはどういうジャンルのもの？」

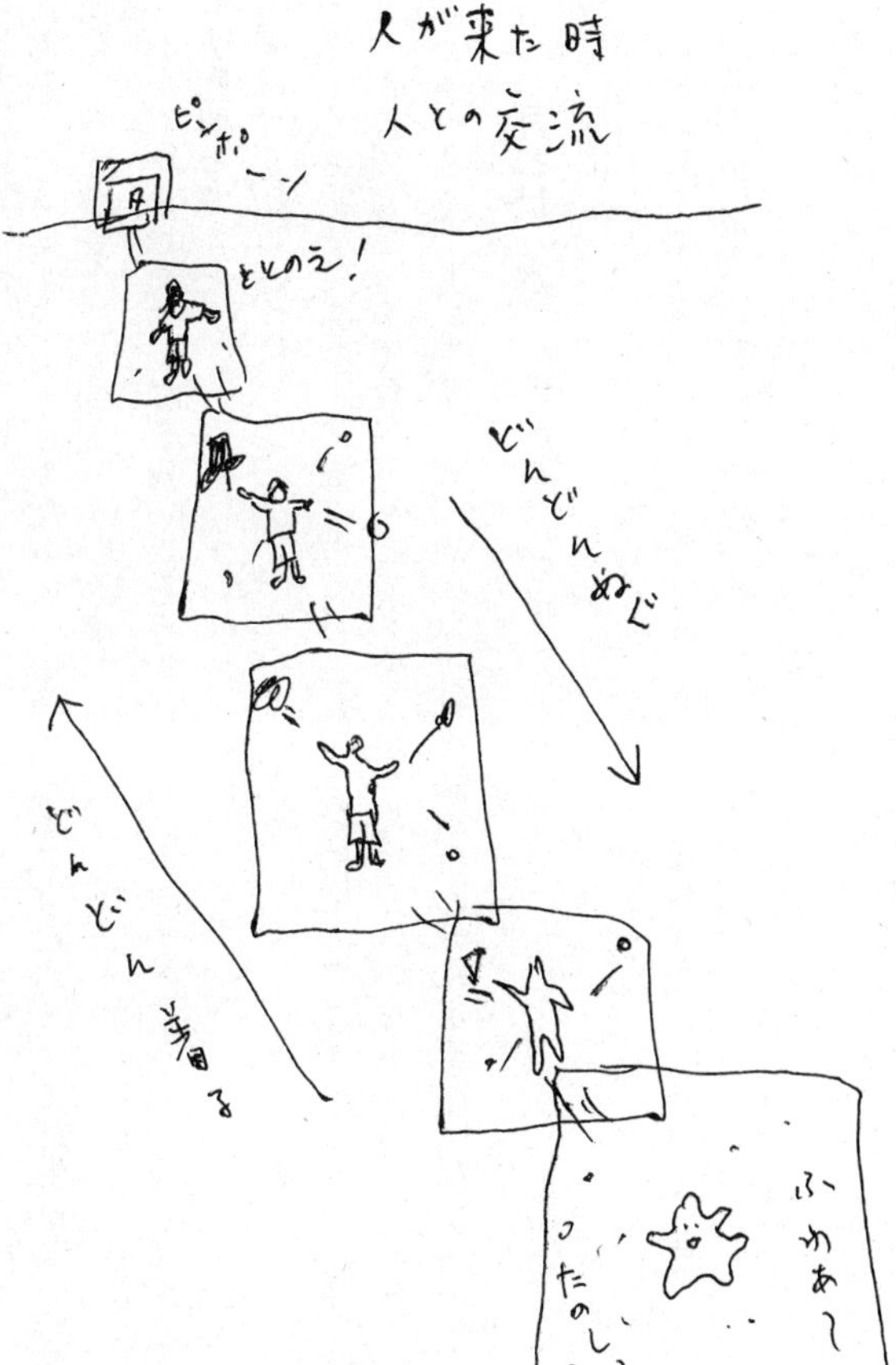

人が来た時
人との交流
ピンポーン
ととのえ!
どんどんぬぐ
どんどん着る
ふわあ〜
たのし〜

「果物」

「ああ！　フェイジョアじゃない？　知ってるよ。家にある。まだ生《な》らないけど」

「もらったんだけどすごくおいしいね」

「おいしいのは食べたことないかも…」

「2個持ってきたよ」

「あら。うれしい」

で、小さいフェイジョアを2個もらった。半分に切ってスプーンで食べたらいいよというので、さっそく食べる。とても小さかったけどおいしかった。でももっと熟れたらもっとおいしいかも、とも思った。柿と梨を合わせたような味だった。

11月22日（水）

朝霧が出ていた。

洗濯物を干してから庭をじっくり見て回っていたら、うちのひょろひょろのフェイジョアの木に小さい丸いものが！　これは…、実が生ってる！

2センチぐらいの緑色。

わあ。

すごくうれしくなったけど、この場所は日陰だし、移植したいと思う気持ちがまた強まった。日当たりが悪いと実がつきにくいよなあ…。いっそのこと、畑に移植しようかなと真剣に考え込む。でも移植に失敗したら枯れるかもなあ。

フェイジョアで興奮して、ポポーのことを思い出した。ポポーもおいしいよね。アケミちゃんが植えたというし。私も植えようかな。さっそくネットでポポーの苗木を調べる。いろいろな種類があった。あまりにもたくさんあり、だんだん疲れてきて、いったん見るのをやめる。

暖かい陽射しの中、畑でまた畝を整えて野菜を眺める。野菜ネットの柵《さく》が斜めになっている。これをちゃんとやり直したい。あまり高くせずに、作業しやすい低さにしたい。

この冬のあいだにやろう。

庭では、畑から土を運んできて小菊と山紫陽花《やまあじさい》を移植する。

作業をしながら、なんだか幸せ…、満足…と思った。

今こうしていること、そのことへのふんわりとした感謝。

幸せとはこれだな！　と思うけど、この気持ちは続かない。すぐに消えてしまう。

このすぐに消えてしまう幸福感を、何回味わえるか、何日味わえるかだ。

温泉に行ったら、黒い瞳《ひとみ》の果物さんがいた！

近づいてフェイジョアとポポーの話をする。果物さんは、実家に大きなフェイジョアの木があって、ポポーは苗木を植えたけど枯れてしまったそう。

「次に会った時にはポポーを植えてるかも」と最後に言っとく。

後半は誰もいなくなって私ひとり。貸し切りだった。


夜は豚汁と牛肉のソテー。

豚汁に入れた野菜はすべて畑でできたものだった。じゃがいも、人参《にんじん》、里芋、さつま芋、大根、かぼちゃ、生姜《しょうが》。よくできるようになったなあ。だんだんきれいな野菜ができるようになった。最初の頃はボロボロだったわ。

畑に慣れてくると土にも慣れてきて、だんだん親しみがわくようになっていった。

最初は近づきたくない場所があったり、怖くて気持ち悪いすみっこがあったりしたけど、それが徐々になくなって、それにつれて野菜もよく育つようになっていった。

そういうものなんだなと思う。

11月23日（木）

休日。今日まで気温が高い。

チェーンソーを使って剪定する。チェーンソーを使うのは勇気がいる。気になる枝をいくつか切って、ハアハアと疲れる。

すごく伸びる名前のわからない木、グミ、マンサク。

枝をズルズルと中央に運んで葉っぱを切り落とす作業を少しする。この作業は細かくて時間がかかるので小分けにして暇な時にやろう。


お昼に近くの小さな神社で茅《ち》の輪くぐりがあるよと水玉さんに誘われたので、12時に水玉さんちへ。

車をおかせてもらって、そこから10分ぐらい歩いて神社に行く計画。その前に畑を見せてもらう。定植した高菜の苗を猫がいつも掘り返してこまると聞いていたが、今日もまた掘り返されたと畝を見せてくれた。ぐしゃぐしゃになっていた。

「これはもう、わざとだね。遊びのつもりかも」

もう何回も繰り返しているのだそう。

バッサリと強剪定した庭の生垣も見た。かなりバッサリと切ってる。私もやりたいけど勇気が出ないと言ったら、「最初の1本を切ったらできるようになる」とのこと。

隣の空き家の庭にあるブルーベリーと梅の実がどちらも大きくて立派だと聞いてい

て、その木も見た。

「大きいね。実が生ったら採りに来ようかな」

「うん。でも草ぼうぼうだよ」

田んぼの中の道をテクテク歩いて神社へ。

途中、坂を下る時、目の前の180度全部が田んぼで、左に川、道の先に神社の小さな鎮守の森、周囲すべてをぐるりと山に囲まれ、「この景色、すごくいいね」と思わず声が出た。

ふだんはひとっこひとりいない神社に人が集まっていた。着物姿の人もいる。

「茅の輪はどこ?」

茅の輪が見えない。

「これから運んでくるんじゃない?」

そんなことあるだろうか。とりあえずお賽銭《さいせん》をあげてお参りをする。

水玉さんの知人の方がいたようで聞きに行った。私は狛犬《こまいぬ》の写真を撮って待つ。

戻ってきて、「茅の輪くぐりじゃなかった。ほぜ祭り(新嘗祭《にいなめさい》)だった」。

近所の人々が集ってお祝いをして宴会をするみたいだ。

「帰ろうか…」

トボトボと引き返す。

ふたりで気が抜けた笑いを笑う。

「天気もいいし、景色もいいし、いい散歩だったよ」

また田んぼの中をテクテク。

「茅の輪くぐりは来年の7月だって」と水玉さん。

「私はその来年の様子を聞いてから再来年のに行くかどうかを決めるわ」

よく考えたらお祭りってその土地に住む人たちのものだからむやみに行かないようにしようって前に思ったんだった。


それから私は買い物へ。途中、人の家や畑に小菊がたくさん咲いているのが目に入った。白、赤、オレンジ、ピンク。今まで気にしてなかったけど、けっこうあっちこっちに菊ってあるんだな。好きなのもあるけど好きじゃないのもあるなあ。と思ったら急に菊への興味が少ししぼんだ。

最近、たくさん菊を買ったり種を買ったりしたけど、完成した暁の菊コーナーは思ったほどよくないかも…。

いや！

いい感じに作れば作れるはず。色や高さは調整できる。好きなコーナーになるようにがんばろう。

11月24日（金）

朝方、なんかいろいろ暗い考えが浮かんできて気が沈んだ。気の沈みと持ち直し、浮き上がりを行ったり来たりだ。

この波は必ずある。だれにでもある。

明日《あした》から寒波が来るらしいので庭仕事を。

剪定《せんてい》した木の葉をカットしたり、購入した花の苗を植える。

ジギタリスの苗をたくさん。前は好きじゃなかったけど、今春、30円という安売りで買った花が咲いたらとてもきれいで、そこで初めてジギタリスを知った。名前と形は知っていたけど実物をちゃんと見るのは初めてだった。クリーム地に複雑な模様。「なにこれ」とハッとして、とっても心惹《こころひ》かれた。そうか、これがジギタリスか。それはあまり大きくなくて清楚《せいそ》な風貌《ふうぼう》だった。バーンと派手にオラオラしてるのじゃなく、こういうのだったら好きだな。派手なイメージだったから。いろいろな色のを7つ買ったのでそれを洗濯物干し場のところ、かつてバナナの木があったU字形の花壇に。

赤い花の咲くツボサンゴは木陰に植えた。これは前に一度買ったけど枯らしてしまったので。

畑に行って春菊にシートをかぶせる。明日の朝、霜注意報がでているから。

でもこの春菊、まだ5センチぐらいの大きさだ。これ以上大きく育つかどうか。

鉢に植えて家の中で育てようかな…。

夕方、温泉へ。

サウナに入ったら最近では珍しく、知ってる人が入れ替わり入ってきて賑《にぎ》やかだった。

11月25日（土）

朝、畑を見に行ったら霜が降りていた。

寒かったので午前中はしばらく家の中ですごす。でも天気はすごくよくて空は真っ青。

昼間は庭に出て木の剪定。

カエデや桑の木、トキワマンサク、ヒメシャラなどを強剪定する勇気がまだ出ない。両手で切る剪定鋏《ばさみ》を買ったのでそれを使って近場の枝を落とした。この剪定鋏は水玉さんが教えてくれたもので、テコの原理で軽い力で切ることができる。２段階に刃が動き、太い枝もスッと切れて驚いた。買ったまま使ってなかったけど（なんか怖くて）、これはいい。

よもぎオイルの作り方というのを見ていたら作りたくなってきた。外に出て、きれいなよもぎを摘む。洗って、カゴに入れて乾かしておく。

温泉へ。

受付にアケミちゃんがひとりでいたので前から聞こうと思っていたことを聞いてみた。植物好きの店主が育てているあるバラの枝を剪定したらもらいたいなあということ。

「アケミちゃん。いつもいい匂いのする真っ赤なバラをお風呂場《ふろば》の前に活《い》けてくれてるよね。あれってこの中庭にあるバラだよね。こっちとあっちの２カ所」

「そうよ。四季咲きよ」

「あの匂い、大好き」

「このあいだ活けてた枝を4本、今、挿し木してるから根づいたらあげようか」

「えっ！　ホント？　すごくうれしい」

「つくかどうかわかんないけど」

「もし枯れたら来年ね。根づくまでずっと待ってる」

よかった〜。向こうから言ってくれるなんてね。

いい匂いなので前を通るたびに花瓶にグッと身を乗り出して嗅《か》いでいたあの香り。

うれしい気分で脱衣所へ。

今日は土曜日なので多いかなと思ったらそうでもなかった。サウナに入ったら水玉さんがひとりいて横になっていた。私がおもむろに寝ころんだら話し始めた。

水玉さんがさっき受付を通ったらアケミちゃんがいて、前から約束していた40センチほどもある大きなヘチマを持って来てくれたそう。まだ皮がついているのでこのビニール袋に温泉を入れてふやかせばいいよってビニール袋をつけて。

で、脱衣所で服を脱いでシャンプー類の入ったカゴとヘチマを両手にぶらさげて浴室に入ったら、すぐ近くの水風呂から「ウオオオーッ」という叫び声が！

ハッとして見たら、おじさん！

ギャアと、急いで身を隠そうとするも、ヘチマをもっていたためにどこも隠すことができず、あわてて引き返す。脱衣所で「アケミちゃん！　アケミちゃーん！」と叫びながら、パニック状態で脱衣かごを抱えて女風呂に駆け込んだという。

「アハハハハハ」と、聞きながら笑いが止まらない。

本当にね〜。間違える人多いよね。

ククク…。思い出すたびに笑えた。

夜。よもぎをオイルでクツクツ煮る。あまり使ってないココナッツオイルがあったのでそれで煮てみた。きれいな薄緑色。濾《こ》して、瓶に入れる。よもぎが軽く素揚げされておいしそう。それにすごくいい匂い。まだ温かいよもぎを湿布にするといいらしい。布でくるんでビニール袋に入れて腰やお腹に当ててみる。なんかいい感じ。冷えても匂いがいいので枕元に置いて寝る。

11月26日（日）

よもぎオイルは薄緑色に固まっていた。いい匂い。髪にも肌にもいいそうなので忘れずに使ってみよう。私はこういうの、いつも使うのを忘れてそのままになってしまう。これもそうなりそう…。今でも使っているのはドクダミ&ゆず化粧水だけ。

洗濯物を干して、庭を見て回る。

移植した花の様子を確認したり、木の剪定のことを考えながら。

これはこうする、あれはどうする、などと考えていると時間を忘れる。ひとつひとつの木がそれぞれ独自に成長しているので考えることがいっぱい。どのひとつも見落とせない。指揮者とか監督になった気分。

あまり難しく考えても解決しないので、ここはもう考え方を変えて、何年か実験しながら様子を見てやっていこう。強剪定は、一度にやるのでなく、今年はこっちの枝をやってみて、それを見て次の方策を決める、ということにしよう。

そう考えたら気が楽になった。いっぺんに正解を求めなくてもね。


そこへピンポーンといつもの宅配のお兄さん。

ポポーの苗が来た！　2本。わーい。

これは畑に植える予定。フェイジョアもどうしようか迷っていたけど、やはり陽当たりのいい畑に移植することにした。


暇空茜氏のライブ動画が目に飛び込んできたので久しぶりにちょっと聞いてみた。

「ウハハハ」と笑っている。恐ろしいほどに。その笑い声は昔見た怪奇映画のスワンという主人公を思い出させた。パッと閉じた。

移植してきました。

塀のすぐわきの陽当たりの悪いところに植えていたひょろひょろのフェイジョア2本を掘り起こして、ポポーの苗2本と一緒に畑に持って行き、どこに植えようかさんざん考えたすえ、端っこに1列。畑には木の根っこがないから掘りやすい～。

よし。無事に根づきますように。

サウナで水玉さんに果物の木を植えた話をしたら、友だちが小さい仕立てで温州《うんしゅう》ミカンを育てていてすごくおいしいのがたくさん実ってたから今度のお祭りの時に苗を買って植えようと思うというので、「私も」。陽当たりのいい道路ぎわの斜面、ここもいいなあと迷っていたあの場所がいいかも。

11月27日（月）

夜中に雨が降ったようで朝起きると地面が濡《ぬ》れていた。これはうれしい。

本当に最近は雨が少なかった。

庭に出てまたひと回り。移植や剪定《せんてい》後のチェックをする箇所が多くて楽しい。知り合いがいっぱいいるような気分。

昨日、フェイジョアを抜いた場所に立つと、畑が見えた。

フェイジョアが2本、サンサンと陽に当たってる。

ああ。今、根っこがまわりの土の菌と挨拶《あいさつ》しあっていることだろう。うまくいきますように。祈るように眺めた。


「ほとり」の録音。これからは心の沼に沈み込むので間があくだろうと告げていたのでひさしぶり。コメントに答えたりして楽しく話す。コメントを読むと話すことができてくる。

私は自分という個体を観察することで人間というものを観察している。命を得た人間は、その感覚や感情が、どのようなところまでいけるのか、そういうところに興味があり、そこを見ている、と。

そう。自分の五感、感覚器官を通して、世界を知る、というよりもこの人間という生き物を知ろうとしている。自分という人間を体験している感じ。


半年前に痛めた指の関節、もうあまり気にならなくなってる。強く握るとわずかに痛みがある程度。そういえば先日の温泉で果物さんとけがの話になって、「けがが治りにくくなってきました」とおっしゃっていた。そうか、これも老化の一種か。そう思うとかえって安心。

ガソリンスタンドでガソリンを入れる。ボーッと待っていたら、給油口の蓋《ふた》を開けてくださいと。そうそう。いつも蓋を開けることを忘れてしまう。

最近は青虫を取るのも面倒になり放っていたけど、今日は天気もいいし青虫を集めに行くかとピンセットとカップを手にいそいそと畑へ。キャベツとブロッコリー。しばらくぶりだったのでたくさんいた。集めた虫を草地に引っ越しさせる。

穏やかな日。

庭を歩きながらしみじみとした充実感、満足感を覚える。

うーん。

こういう時ほど怖くなる。

この平和な時。こういう時こそ気を引きしめたい。

今は、だれにも何にも邪魔されずに好きなことを探求できている。少しずつ理想の国を作っているよう。

うれしい。本当に。生まれてから今までいちばん好きなことだけをしている。


夜。

大根おろしを作る。あの青と白の中間の大根。これで大根おろしを作ると黄緑色になる。辛くなくてとてもおいしい。

11月28日（火）

家でいろいろ。

いつもの定位置から庭を眺める。

水鉢の右側、シュッシュッとした銅葉のカレックスと、糸のように細い葉の植物がある一角がある。とても渋い色味で花はない。あそこに白い細長い花があったらよさそう。青い花もいいかも…と思った。

あるとしたらどんな花がいいかなとさっそく調べてみた。

秋に咲く白い花、秋に咲く青い花、を検索。

そして、白いイヌショウマと青いカリガネソウというのがイメージにぴったりだと思った。

その場所は乾燥していて石ころだらけであまりいい環境ではない。なので少し穴を掘って耕して植えよう。

ネットで検索したら和の花のお店があって、見ていたら次々と欲しいものが出てくる。うーん。これもあれも欲しいなあ。

家でできた生姜《しょうが》で生姜シロップを作る。

煮出したあとの生姜を干して、粉砂糖をまぶしておやつを作った。

それから長らく忘れていた備前焼の水がめを思い出し、洗って陽に当てる。備長炭《びんちょうたん》も煮沸して陽に当てる。これに水を入れてまた飲んでみよう。

水については試行錯誤中。

この水と、浄水器の水と、水道水と、たまに買いにいく湧き水をブラインド試飲して、どれにするか決めようかな。

花、買いました…。

16個も買ってしまったけど、いいの。木は買ってない。木だけはもうこの庭に増やしてはいけない。

花はいいの。あと、畑に果物もまだいいの。植える場所がまだ少しあるから。果物で今後買いたいのは温州みかんとデコポン。

11月29日（水）

今日は歯医者。奥歯の治療開始。

実は3日ほど前に下の前歯の一部が欠けてしまった。そのことを言わなければ。マウスピースをしなくなっていたけど最近は時々はしていた。それでもたぶん、してない時に歯ぎしりをして欠けてしまったんだ。で、最初に告げた。「これからはマウスピースをできるだけつけるようにします」と付け加えるのを忘れずに。

治療のための麻酔の注射を打って、それが効くまでのあいだに、その欠けた部分をプラスチックで埋めてもらう。

そしてついに奥歯のかぶせ物を外した。何十年ぶりだろう。画像を見せてもらったら、中が真っ黒に見えた。思わずじっと見てしまった。

もし歯の根が大きく割れていたら抜歯の可能性もあるということだった。数カ所割れがあったけどそこを補修してくれて、次から根の治療をするとのこと。今のところ抜歯はしなくていいそうでホッとする。根の治療がうまくいったらいいなあ。

その隣の同じように奥に膿《うみ》がたまってる歯のことを聞いたら、レントゲンの画像の白いところを指して、「少し骨が伸びてきているのでもし繋《つな》がったらかぶせ物を外さずに治療ができるかもしれない。そうなったらラッキーです」と先生が強く言っていたので、うれしくなった。その骨がのびますように。私にできることは歯磨きだけだけどがんばろう。

この奥歯は何十年も前から気になっていたところ。安静にするしかない、下手に手を出せない、と言われてきたので、かぶせ物を外して根の治療をしてもらえるってだけでなんか楽しみ。

歯医者が終わってホッとする。いつもそう。行く前は気持ちも沈むが、終わるとすごく晴ればれ。

家に帰って、「気分がいいので青虫取りしよう!」と畑へ。

ポカポカの太陽を浴びながら青虫を探した。いたいた。そして草むらに引っ越し。

スモモの木を2本植えた場所の間隔が狭すぎたので、1本を少し移動させる。

みかんとデコポンの木の植えたい場所を確認する。いちごのむこう、ここがいいと思ってるところがあって、そこをぼんやり眺める。

道路へ続く斜面のすそ。陽当たりもよくて水はけもいい。ここがぴったりだと思う。

11月30日（木）

どんよりとした曇り。
こんな曇り空はひさしぶり。家にこもって気ままにすごすのにぴったり。
炊飯器で蒸す干し芋を作る。

12月

12月1日（金）

今日も曇りで家にいる。昼間、陽が照ってきたので少し庭の作業。桑の伸びた枝を切った。2〜3メートルもある。適当に切って塀にオブジェとして立てかけてみた。

これまで枝葉は剪定《せんてい》時に処分してもらっていたけど、すべてを庭に還元すると決めてから妙に楽しくなった。養分になるのだから。

12月2日（土）

いい天気になったので畑へ。

いちご専用の畝を作る。今までは畑の端っこに植えていただけなので斜面のチガヤなどが押し寄せてきていた。それを阻止したくて、スコップでまわりを掘って細長い島のような畝に仕立てた。いい感じ。来年はいちごを丁寧に作りたい。

それからその畝間に敷く葛《くず》の葉を河原に採りに行く。すると、もう茶色く枯れていた。なのでつるのところだけを巻き取ってきた。チョキチョキ短く切って畝間に敷く。

次に、ずっと作ろうと思っていてのびのびになっていた嫌気性のぼかし作り。ぬかと油粕《あぶらかす》をまぜて、水をかけたりして袋に入れてしばった。このまま数カ月しまっておく。

今日は作業がはかどった。

12月3日（日）

ついに今日、白菜をひとつ収穫する決心をした。

緊張する。

自然農で育てた白菜はすごくおいしいですと自然農の先生が言っていた。どんな味だろう。初めて収穫する野菜はその味を知るのが本当に楽しみ。

去年まではまったく大きくならなかった白菜。今年は刈り草置き場の隣と菌ちゃん畝に植えた8個がものすごく大きくなった。他の場所に植えたのはまだ小さい。でも思ったけど、白菜は8個もいらない。ひと冬に3個もあれば充分だ。

しげちゃんとセッセが散歩で立ち寄ったので、一緒に畑へ。

しげちゃんに大根と小かぶを一個ずつ抜いてもらって、それをあげた。

そして白菜をひとつ、私が採った。

上から押さえてしっかりした軸を感じたら収穫時ということだけど、まだちょっとゆるい。けど、たくさんあるのでもう食べ始めよう。

きれいな大きな葉が広がっている。外側の葉っぱを捨てるのを躊躇《ちゅうちょ》してしまった。

庭の木の下を歩く。

落ち葉がふかふかと降り積もっていて、その上を歩くのが楽しい。落ち葉があまりないところはカサカサした硬い感じ。そこにもだんだんに葉っぱを敷き詰めたい。

テコの原理を応用したラチェット式の枝切りバサミでトウカエデとトキワマンサクの枝をバシバシ切った。使い方に慣れてきたので力を入れなくてもものすごくよく切れる。これは今年一番のヒット。

夜。白菜を初調理。

半分に切る。白くて柔らかくてきれい。味見するとサクサクとしていてみずみずしく、甘みもあってとてもおいしかった。私は基本的にはもう野菜は自分の畑でできたものしか食べないので、白菜をちゃんと食べるのは2年ぶりぐらいかも。鶏肉と白菜のスープを作った。

12月4日（月）

ニゲラさんから「そら豆の種が余ったからいらない？」と連絡が来た。そら豆は2

年続けて全滅だったので今年はもう作らなかった。でもくれるというならもらおう。「いる」と答えて、ついでにニゲラさんおすすめのハーブカフェでアフタヌーンティーをやっていたので行ってみることにした。

車で出発。少し早く着きそうだったので新しくできたワークマンプラスを覗《のぞ》いてみることにした。サッと入ってキョロキョロしていたらパッと目に入ってきたものが。それはあたたかそうなジャケット。内側がもこもこ。これは家の中でちょっと引っかけるのによさそう。フリースのジャケットが汚くなって捨ててしまったのでその代わりに何か軽いのがほしいと思っていたところ。店内を一周して、やはりそれが気になったので試着してみた。軽くて暖かい。

鏡を見ると、すごく似合ってない。でも家着だからいいか、と思い、買うことにした。スッと買えてよかった。

ニゲラさんちに着いて、庭を見せてもらう。果物の木がたくさん。帰りにゆっくり見よう。

ハーブカフェへ。ランチがおいしいそうだけど今日はアフタヌーンティーだけなので、ランチは来週、車の点検のついでに行こう。

小さな民家カフェ。庭をちょっと歩いた。ポカポカ暖かくて気持ちいい。

かわいらしい店主の女性に挨拶《あいさつ》して、窓に向かった席へ。

10種類の焼き菓子やケーキ類が並ぶトレイ。サンドイッチとスコーンもある。たぶん食べ切れないだろうと持ち帰り用の箱を持ってきたので今すぐ食べた方がいいものだけをゆっくり食べる。素材が吟味されていそうな感じが伝わってくる。丁寧に心を込めて作っている感じも。

私は焼き菓子はあまり好きじゃないけど残りは今月のおやつとしてちょっとずつ食べよう。

帰りにニゲラさんが梨とぶどう畑を案内してくれた。日当たりのいい山の斜面にあって、他の果物の木もたくさん植えてあった。デコポンやキウイ（紅妃！）、みかん、栗などなど。

そして果樹園の手入れや山の笹の処理、台風で倒れたハウスの修理、雨水をためる貯水槽を作ったことなど、回りながらポツポツ聞いた。

素人の私にはあまりにも大変そうな作業がたくさんあってちょっと頭が真っ白になる。

それからニゲラさんちへ戻って、またいろいろもらった。

そら豆の種（いっぱいあったけど5個）、黒い大豆。シャインマスカットなどの干しブドウ、ニゲラの種、庭に生《な》ってたレモン1個、みかん1個、きんかん1個。

土が真っ黒でいつも立派な野菜がすごくきれいにできている菜園のブロッコリー、チンゲン菜、キャベツ。それらは私も作っていて、でも収穫は来年になりそうなので少しだけもらった。

あと、椎茸《しいたけ》と挿し木用に菊の花を4種類。もう菊はいいか…と思ってきた。この間もらったいちじくがおいしかったので、挿し木用に小枝を2本もらった。もし根づかなかったらまたもらおう。でもすでにうちには4本のいちじくがあるから、もういいかも…とも思う。それからのらぼう菜の苗ふたつ。花芽を食べるんだって。

今日はいろいろあったのでぼんやりとなった。

12月5日（火）

雨。

朝は白菜のソテー。

ブロッコリーはブロッコリースパゲティにしようと考え、有元葉子《ありもとようこ》さんの動画をチェック。この方の料理は本当においしそう。調理の仕方も自然な感じ。椎茸のリゾットも、ちょうど椎茸をもらったから作ってみようかな。苺《いちご》のショートケーキ、私と同じ発想だ。スポンジと苺と生クリームをそれぞれに皿にのせて、自分で好きな量を取って食べるという。私もそうやって作ったことがある。私の場合は買ってきたスポンジだったけど。

温泉に行って、サウナへ。ひさしぶりのサウナ仲間が来ていた。お股に腫《は》れ物ができていたのだそう。あら。腫れ物の話を寝ながら聞く。

髪の毛を乾かしながら、そろそろ髪を染めないとな…と思う。髪をあちこち分けて、根元が1センチぐらい白っぽくなっているところをじっと見るのが好き。う〜ん、なってるなってる、と思う。

帰りがけ受付を通ったら、クマコがいつになく興奮気味に、「なっちゃん！」と言う。

「うん？」

「今日の泊りのお客さんで、バリハンサムな子がいたよ」

「えっ？　何歳ぐらい？」

「わからないけど、20代かな。もう背がこ〜んなに高くて、顔が小〜さくて、カッコよくて、あんなハンサムな人、こっちに帰って来てから初めて見た」

「仕事で来てるの？」

「うん。電気関係だったかな」

「へえ〜。今は？」

「ご飯食べに行ったからしばらく帰ってこない」

「写真撮らせてもらってよ。できたら」

「本当にハンサムだった」

まだボーッとしているクマコ。


夕食にブロッコリースパゲティを作ってみたら、全体の量をレシピの半分にしたのにアンチョビをひと缶使ってしまったので塩辛すぎた！　半分にしなければいけなかった。しまった〜。悔しい。

のどが渇いて夜、何度も水を飲んだ。

12月6日（水）

畑にのらぼう菜を植える。キャベツに青虫がいるかなと見たら、いたいた。

またピンセットを取って来て引っ越しさせる。

ガレージに戻ったら猫が生ゴミの袋を破いていた。

こら！

逃げていくところを追いかけて見ていたら、網の中をするりとすり抜けて行った。

この網、大きすぎるんだ。15センチ角だから。最近、獣の穴を庭のところどころに発見したけどここから出入りしていたのかな。

で、鳥よけネットと麻ひもを取ってきて下半分を2重にしてみた。このあいだ剪定《せんてい》した枝も持って来て立てかけたりした。

和の花も届いているけど植えるのは明日《あした》にしよう。

買い物に行ったら毛布を見かけた。ふんわりやわらかくて軽くて暖かい。

うちの押し入れの毛布はもう古くなってる気がする…。私が使ってる敷き毛布もそういえば冷たくぺたんとしてるなあ。

迷いながらしばらく触っていた。スリスリ。

値段は…、1万円か。もうすぐカーカたちが帰ってくるし、新しいの買っとこうか…。あれ？　黄色いシールが貼ってある。セールで3000円になってる！　安い。

いっぺんうちの毛布を見てこようか。

家に帰って、押し入れの毛布を見てみた。やわらかくない。そしてなんだかごわごわしてて痛い。触ると冷たい。

よし。買おう。

で、温泉に行く前に寄って、2枚買った。トナカイ柄と葉っぱ柄。ＰａｙＰａｙのポイントがあったのでそれで。うれしい。

温泉に行ったら、玄関前でクマコが年末年始の営業時間を書いた紙を貼ろうとしていた。

「クマコー。どうだった？　ハンサムくん」

「ハンサムだね～、みんなに言われて耳タコでしょう？　って聞いたら、そんなことないですよって言ってた。来年の2月にまた来るんだって」

「あら。その時は教えて」

それから脱衣所に入ったら、アケミちゃんが壁に同じ紙を貼ろうとしているところだった。

「アケミちゃん。クマコが言ってたハンサムくん、そんなにハンサムなの？」

「ああ～、あの子ね。うーん」

「あれ？」

「そうねえ～、イケメンだよね。前から時々来てるよ」

「例えば10人中何人がイケメンって言う感じ？」

「うーん。7～8人かな？　感覚は人それぞれだからね」

「だよね。なんか安心した。ものすごいイケメンを想像してて、見逃して残念だって思ってたから」

もう見なくていいかも。肩の荷が下りた気分。ホッとして温泉へ。

帰りに脱衣所で水玉さんたちにおとどい貰《もら》ったシャインマスカットの干しブドウを分けてあげる。大きくてみずみずしい。いちじくも少し入ってる。でも私にはこの干しブドウは甘すぎる。

一番おいしかったのは数切れだけ入っていたリンゴの干したの。硬かったけどすごく甘くて手が止まらず、もらった夜に一気に食べた。

12月7日（木）

朝は冷え込む。

畑は朝露で濡《ぬ》れている。

なので暖かくなってから庭の作業。和の花をいくつか定植した。

花丈を確認しながら、ここかなあ〜と思う場所に植えこむ。この、場所を決める作業が難しい。わずかな違いで枯れたり枯れなかったり。

これから1週間は暖かいという予報。20度前後とか。

木の強剪定について毎日のように考えている。大きくなりすぎた枝はもう切り替える時期なんだ。思い切って更新しよう。

温泉で、水玉さんともうひとりが「干しブドウ、すごくおいしかった！　全然違うね」と大絶賛。そう。大きくて柔らかくて甘くてフレッシュ。色もうっすら黄緑色が残ってる。いちじくも赤い色が残ってた。

「あれを小さな袋に入れて売ったら千円でも売れるよ」と言う。

「だよね。ワインショップなんかに高いおつまみが売ってるけど、そういうところに置いたらよさそうだよね」

と盛り上がる。量産できないからこその贅沢《ぜいたく》な味ということかも。

12月8日（金）

あ、壁を見たらサンキャッチャーの虹《にじ》が！

そうか、この時季になると太陽の光がここまで射すので現われるんだ。風物詩だな。

今日も有元レシピ「牡蠣《かき》の春巻」。

が、ちょっと失敗。私には高度すぎたかも。牡蠣を下茹《したゆ》でしすぎたし、揚げる時に爆発もした。

12月9日（土）

畑に木の杭《くい》を6本打った。野菜ネットを張るためのプラスチックの棒がなかなかしっかり土に刺さらずグラグラしていたので棒を抜いて杭を打ち込むことにしたのだ。樹木を支えるための杭が家にたくさんあったのでそれを使ったらとても感じがいい。やはり木製はいいなと思った。でも木槌《きづち》で打ち込む作業はとても大変だった。汗が出た。

温泉の庭に生《な》ったレモンと八朔《はっさく》をもらった。八朔はまだ早かったので窓の近くに置いておく。

12月10日（日）

私の敵は私の想像力。いつも遥《はる》かなところまで広がってしまい、どうしよう！　と思う。

が、現実はいつも私の想像よりはしょぼいので、現実を知るとたいがい、「なんだ〜」と収まる。なので私には想像が広がる前に現実を知ることが重要。そういえば昔、「想像力が敵になる」って詩に書いたな。昔から思ってたんだわ。

ジュリア・ロバーツ主演の映画「終わらない週末」がおもしろかった。今の世界を表してると思った。今後もし世界的な大変化が起こるとしても、最後の瞬間まで今いる場所で自分の生活を変わらずに続けたい。

12月11日（月）

ひさしぶりの雨。落ち着いて家にいる。

そして、髪の毛をカットしに行く。20分足らずでいつものようにサッと終わる。

次はまた4カ月後か。


家の中にいたらあっという間に夕方になった。温泉に行く時間だ。いそいそと準備して出かける。

今、買おうかどうしようか迷っているのはガーデンシュレッダー。小枝を細かく粉砕する機械。これがあったら枝を小さくして木の下なんかに敷ける。でも今までのように小枝をそのまま置いても別にいいんだけど。

どうしよう。迷う。なにか明らかな利点が見つかれば…。

でもたぶん買うだろう。

温泉は雨のせいか人が多かった。

そして隣のおばあさんが共用の洗面器の中で一生懸命、入れ歯を洗って、ふたたび口に入れていた。ああ…、いやだ、と気分が沈んだ。なので早めに帰る。

出版社に届いた読者からの手紙がたまに送られてくる。今日見たインドの本の感想に、「今までの本の中で一番おもしろかったです。」と書いてあって笑った。そして、うれしかった。

12月12日（火）

今日は車の点検の日で、ついでにランチを食べに行く。

その前にいつもの湧き水を買いに寄った。20リットル。これと他の水の味比べをしなければ。それが楽しみ。

車の点検は早く終わった。今回は簡単な方の点検だったみたい。

時間が余ったので途中のホームセンターで苗を見る。果物の苗がたくさん並んでいた。このあいだ買ったすももの苗も、大きくて安いのがたくさんあった。

あら。なんだ。ネットじゃなくてここで買えばよかったかも。柑橘類《かんきつるい》もキウイもさくらんぼもいちじくもぶどうもた〜くさんあって菊熱に続いて果物熱も少しさめる。花びらに線がたくさん入ったニゲラの花を興味深くじっと見る。数種の干し椎茸《しいたけ》の炊き込みご飯セットを買った。

ニゲラさんちに着いて、また菜園を見せてもらう。今日はリーキを1本もらった。

私の車でハーブカフェに行く途中、いろいろ話す。

私「このあいだの干しブドウ、温泉でみんなにあげたらすごくおいしかったって」

ニ「でしょう？　みんな喜ぶのよ。分けてほしいって言われるけど、たくさんはできないから」

私「でも私が一番好きだったのはりんご。すっごくおいしかった」

ニ「あれ、りんごじゃないよ」

私「えっ！」

ニ「梨だよ。硬いけど嚙《か》めば嚙むほど甘さが出てきておいしいよね」

私「うん。私、りんごチップスが大好きで、見ると必ず買うんだけど今まで食べた中でいちばんおいしいと思った。そうか、梨だったんだ。驚いた。あの硬さもいいね」

とべた褒めする。

カフェに到着。今日は窓際のテーブルに。

今月のランチプレートはオムライスにミニハンバーグ、エビフライなど。洋風だった。

いつもは野菜がたくさん調理された和風なのに残念。野菜とハーブの味付けを食べてみたかった。

でもバターナッツかぼちゃとシナモンのスープ、さつまいもと人参《にんじん》のソテーがおいしかった。デザートに念願の月桂樹のプリンを食べる。これは満足。

テイクアウトのケーキを4つも買ってしまった。どれも味見したかったので。

お店の玄関でニゲラさんがこの靴、履いてみて、すごく履きやすいよと靴を履かせてくれた。

スポッ。

「ホントだ」

「底のゴムも黒で汚れが目立たないから畑でも使えるよ。温泉に行く時もいいよ。駅前の昔ながらの小さな靴屋さんで買ったの。行ってみる？」

靴はもう買わないと決めたのに、ぼーっとしたモードに入り込んでいた私は「うん」と答える。

「前に行ったお魚屋さんがやってるイタリアンのお店のお惣菜《そうざい》が最近充実しているよ」

そこにも行こうかな。

靴屋さんに到着。よく喋《しゃべ》るおばちゃんにその靴を出してもらう。ちょうどいいサイズ（23・5センチ）がなかった。色違いならあったけど底が黒じゃなかったので、迷った末、ちょっと小さいけど履けなくはないという23センチのを買った。

次に魚屋さんへ。お惣菜がいろいろあって、白身魚のカルパッチョサラダ、カンパチの漬けセット、焼きエビ、カキフライ、目に入った数の子の塩漬け（箱入り）まで買ってしまった。どんどん買ってるわ…。

ニゲラさんちに送って、釣ってきたアジ1匹、お手製ちりめん山椒《さんしょう》、しょっぱい梅干し、おいしかったと言ったのでドライ梨、足元で見つけたかわいい葉っぱの植物など、今日もいっぱいもらった。

梅干しは、「私、梅干しは嫌い。家にある。でももらう」と言ってもらった。

帰りの道中は疲れてあくびが出た。

温泉に行って、疲れをいやす。

そうそう！

水を買いに行く時、車の後ろのドアを開けて水をいれるボトルを5つ、のせた。

そこにいつも置いているお風呂《ふろ》道具セット、丸い大ざる、キッチンバサミ、いざという時用のタオルセット、クーラーボックスなどを端にぎゅっと片づけて、ボトルをうまく押し込んだ。

家に帰って、ボトルを取り出し、いつも置いていたものを定位置に戻した時に、そのことに気づいた。

お風呂道具セットは真ん中、右にクーラーボックス、ティッシュは端っこ、大ざるの上にタオルセット…。

うん？

丸い大ざる。

ここにあるじゃないか！

そうだ。2年前だったか、温泉の八《はっ》朔《さく》をもらう時に泥棒に間違われないようにとこのしっかりとしたざるを使ったんだった。これからも何かに使うかもしれないと思い、ざるとキッチンバ

サミはここに入れっぱなしにしていたんだ。

丸い大ざる。やっぱり持っていた。そしてここにあった。

毎日、目にしていたのに気づかなかったなんて…。ぷぷ。アハハハ。あんな即興コントまで考えたのに。

12月13日（水）

家でいろいろのんびり。これといって特になにもなし。

今日の青虫30匹。

12月14日（木）

くもり。寒くないけど灰色の空。

今日もほぼのんびり。今日の青虫20匹。

ここ数日に見た映画。

ケイト・ブランシェット怪演「ター」、見なきゃよかったとは思わないけど見なくてもよかった。前半のターがカッコよかった。

「アサイラム　監禁病棟と顔のない患者たち」、ううむ。なんとも薄暗く重苦しい。

ニコール・キッドマンの「聖なる鹿殺し」(前に見たけど覚えてなくて2度目)、ううう、ううむ。最初から最後まで不穏な雰囲気たっぷり。

12月15日(金)

今日から念願の歯の根の治療。

ついにやってくれる。ずっと願っていたけど今まで誰もやってくれなかった。まあ、微妙に安定していたからなんだけど。今回も特に痛みがでたとかではなく、歯茎が下がって出てきたかぶせ物の端を舌で触ると尖《とが》った感じがするのでそこだけちょっと削ってもらえないかなあ…と思ったのが発端だったのだが。

で、何十年も前の古い詰め物を取ったところ、根の一部分が割れていることがわかった。歯根破折だ。まち針みたいな歯の根を掃除する細い器具を刺したまま、ちょっとレントゲンを撮るという。「口を開けたままにしてください」と言われ、口を開けたまま撮りに行く。できた画像を見ると確かに針が根と違う方向に入っていってる。そこが割れている箇所だそう。ふうむ。私は画像を興味深くじーっと見た。

その部分をボンドでふさぐ処置をして、残りのふたつの根に薬を詰める。「50パーセントの人が鈍い痛みを覚えるかもしれませんが大丈夫です。10パーセントの人が強い痛みを覚えるかもしれませんがその時は痛み止めを飲んでください。もしとても強い痛みが出たらすぐに連絡をください」とのこと。

はい。割れたところをくっつけてもらえたのがうれしい。これで歯の寿命が延びた気がする。押すと少し揺れてたから。

治療が始まったことにとても満足感を覚え、医院を出る。

買い物をして帰宅。


今日もニコール・コッドマン主演のミステリー映画、「リピーテッド」。前に見たんだけどよく覚えてないので。これもまたなんとも恐ろしげなムードたっぷり。

歯の痛みは出なかった。

12月16日（土）

雨。

明日《あした》から寒くなるので今日のうちに白菜の上部を保護しよう。霜が降りると茶色くなるんだって。毎日のように白菜料理を食べているけど本当に柔らかくておいしい。

コタツですごす。干し芋食べたりして。

そして、ついにガーデンシュレッダーを注文した。いろいろな人の使用動画を見て、

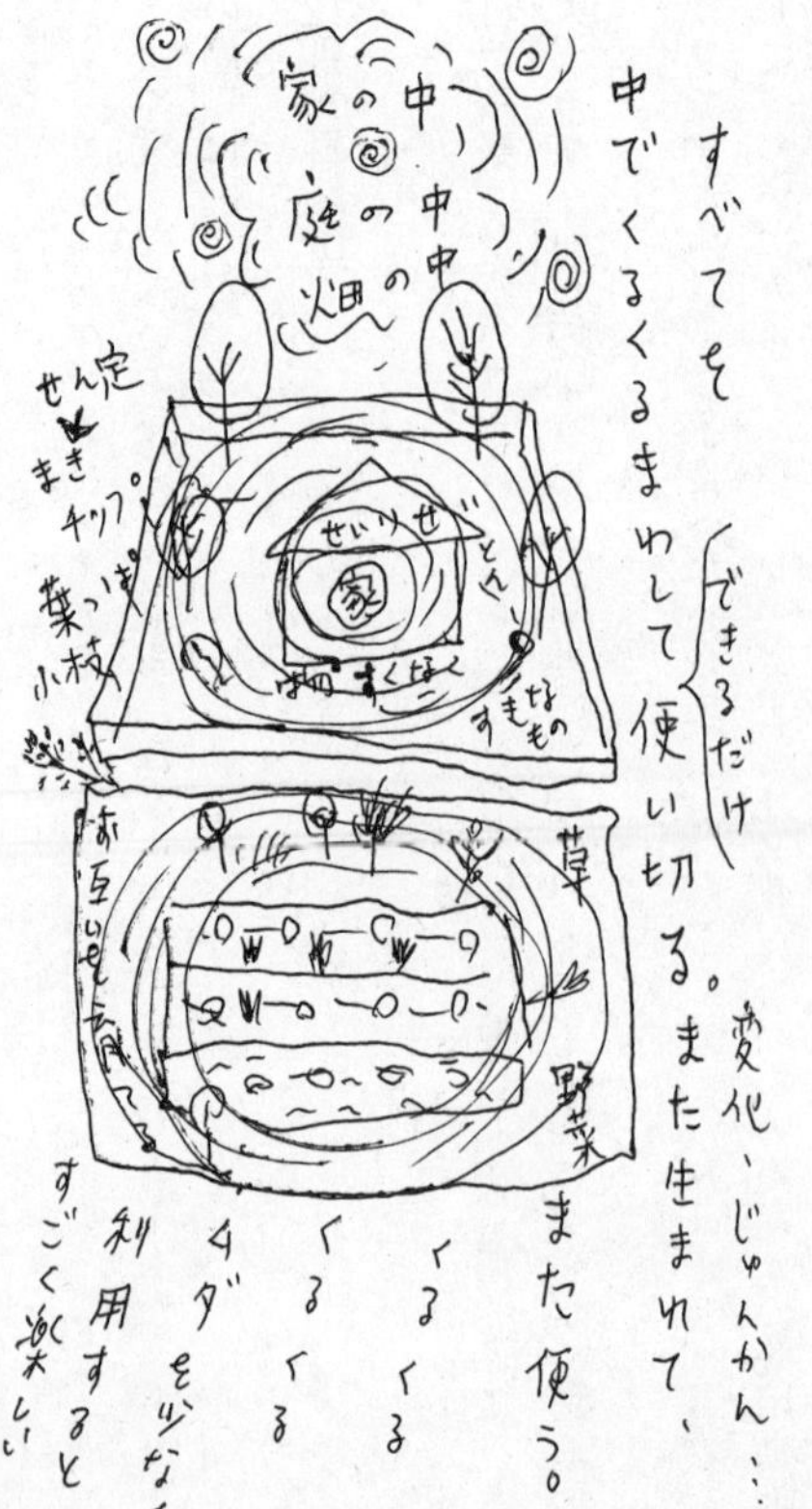

たまにしか使わないけどもう十年も使ってますという言葉に、そうだよね。きっと長く使うよね、と思ったから。

家と庭と畑の中のものをそれぞれくるくる循環させて、無駄なく利用して、スッキリ、合理的に暮らしたい。時々、その計画を考えるのが楽しい。

岡田斗司夫の切り抜き動画を見ていて参考になるQ&Aがあった。

ある人に復讐《ふくしゅう》しようと思うけどそのことばかりを考えて自分の時間を無駄に使いたくないんですという質問に答えて。

「考える日と実行する日を分けて、時差をつけること。思いついた時にすぐに行動すると大振りになってしまう。例えば来月の1日を考える日にして、次の月の1日を実行する日にする。それ以外の日はそのことは考えない。来月の1日になったら、実行するか、修正するか、やめる。修正したら、それを実行するのはその次の月の1日。月じゃなく週でもいい。とにかくすぐに実行しないこと」

これは私にもとてもいいアドバイスだった。何かを思いついて行動し始めても、しばらくするとやる気が失《う》せることが多い。短期間にゼロになることもしばしば。行動が早すぎて、やってしまったことの後始末の方によほどエネルギーがかかる。

「考えと行動に時差を設けよ」

はい。


映画「ギルティ」。これも2回目。ほぼ電話の会話だけなのに飽きなかった。

12月17日（日）

きょうから寒い。細かい雪がちらついてる。

庭を一周したらヤマモモの木の下に山鳩《やまばと》の羽根が散らばっていた。ハッと足を止める。うらむ。獣か？　昔、鶏が犬に襲われた時のことを思い出した。

くるりと引き返す。

寒いと外に出る気がしなくなる。


毎日迷惑メールの数を手帳に書いている。一番多かったのは11月1日の127通。最近は少なくなって直近は9通、8通、11通、8通といったところ。

さて今日はどうかな…とパソコンのメールを開いたら、エラーが出て送受信ができなくなってる。

どういうこと？

たしか前にもこうなった気がする。プロバイダーに電話して聞いて、パスワードを変更したような…。

今回もまた電話したら機械音声の対応で、「用件を話してください」と言う。どうやってもショートメールを送りますという選択肢しかなく、結局人にはつながらなかった。「人と話したい」と言ったけど人と話せなかった。

会員情報を確認しようとしたらなんと先月で退会していることになっていて、サイトにも入れなくなってる。ガーン。八方ふさがり。いちおうチャットに書き込んでおく。

で、しょうがないのでもう新しいパソコンの新しいアドレスに乗り換えることにした。メールアドレス変更の手続きは旧アドレスからやった方がスムーズだけどしょうがない。ひとつひとつアドレスを見て、手で打って、変更の手続きをコツコツやり始める。

12月18日（月）

そういうわけで今日もずっと、その作業をやっていた。

仕事関係で長くチェックしていなかった書類のＩＤやパスワードがわからなくなっていて、それはもうあきらめた。いいや。もう。重要じゃないし。

夕方までやって、だいたい終わった。最近は関係をスリム化していたので案外少なかった。27ヵ所。かえって無駄なものが整理されていいかも。

迷惑メールもまったくこなくなった。うれしい。静かだ。

よし。パスワードなどをまとめた一覧表を作り直そう。これがいつも書き足し、書き直しでごちゃごちゃになってしまう。

年も改まるし、心機一転かも。いいね。

ガーデンシュレッダーが来た。わーい。使うのが楽しみ。小枝からやってみよう。

夕方、電話が来てた。プロバイダーから。あのチャットを見たのかも。折り返したらまたあの機械音声。

ああ。もういいや。縁が切れるタイミングなのだろう。ちょうどよかったのかもしれない。

12月19日（火）

今日も寒い。一日中雨の予報なので家にいよう。

昨日、畑でキャベツを見たところ、葉が丸まってきていた。外の葉は虫食いの穴だらけだけど内側から葉が生まれていくので丸まった部分に虫食いはない。そうか。青虫を取る必要はないんだ。もう放っとこう。

パスワード一覧表を作る。
夕方、早めに温泉に行って温まる。人も少なかった。
夜になって部屋の空気が冷たく感じる。明日から薪《まき》ストーブを焚《た》こう。

12月20日（水）

毎日白菜を食べている。順調に育ってうまく巻いたことには感動したけど、大きいのが8個もある。食べきれないかも。来年は3つか4つでいいなあ。1カ月に1個でいい。大根は1カ月に2本ぐらいで。少量だけ作って落ち着いて大切に食べたい。

灯油を注文したら、いつものおじちゃんが来てくれた。今日はもうひとり、若い男性もいた。その方は以前、この家ができた時にオープンハウスで見に来たことがあるそう。その後、家を建てて薪ストーブもつけましたと。「ああ、そうだったんですか～」としばし庭の手入れ、木々の剪定《せんてい》のことなどを熱く話す。もっと話したかったわ。

薪ストーブに火を入れる。
剪定枝を使ってみた。パチパチ燃えている。今まで悩みの種になっていた剪定枝が燃料になった。去年までは薪を買っていたので、これはうれしい。

ここまでの流れは、まずおととしだったか剪定した枝を美化センターに捨てることができなくなって空き地の隅っこに置かせてもらった。それも長くは置けないので、細かくして庭の中で処分することにした。その過程で大きな枝を薪用にとっておいた。それがこれ。

あの時にどうしようと困ったことが、今の喜びにつながっている。

「禍福は糾《あざな》える縄の如《ごと》し」とはまさに。

12月21日（木）

きのうの夜、ストーブの中に仕込んでおいたさつま芋がいい具合に柔らかくなっていた。アルミホイルを開けてみる。甘いけど水っぽく、私の好きな焼き芋はこれじゃない。外の皮が焦げていて、空気が入っていて、その内側が茶色くなって透明感のあるのが好き。

今日は天気がいいので外に出る気になる。白菜の霜よけをしよう。

24日から掃除や料理など年末年始に向けた作業をする予定。それまではのんびり。

畑で作業していたら寒くなってきた。雪のようなものがチラついている。

白菜を紐《ひも》で縛っていたらうしろを小学生の集団が通っていった。先生が大きな声でプラッセだいわの歌を歌っている。

庭へ。いちじくの剪定と誘引をやる。

うう。手が冷たい。どんどん気温が下がってきている。外の作業はもうあきらめて家の中に入る。今の気温は6度。あさってまで寒いみたいだ。

コタツにじっと入っていると、ついやってしまうことはネットで買い物。買ってしまった。甘エビとマグロ。お正月用に。

ゴマを洗う。今年はあまりよくできなかった。去年はとてもよくできたのに。乾いたら小分けして炒《い》ろう。

PC画面の反射防止シートを注文する。

温泉へ。近くの山も白くなってる。空中に白いもや。あれは雪が降っているところか。

とても温まった。体が全体的に温まってるこの感じは温泉でしか味わえない。帰りは空気がとても冷えていたのに寒さを感じなかった。

12月22日(金)

今朝も薪ストーブの焼き芋を取り出す。外側がけっこう黒焦げ。いいかも。味は? うーん。違う。私の好きなのじゃない。

好きなのができるまで追求しよう。さつま芋自体の個体差もあるだろうが。


寒い。ずっと雪がチラついている。チラチラ。

買い物に行こう。2店、回って買ってくる。

彗星《すいせい》捜索家木内鶴彦《きうちつるひこ》さんがゲスト出演している動画を聞きながらお昼ご飯の白菜とエビ炒《いた》めを作る。太陽が直径14センチだとしたら地球は1・3ミリ、あいだの距離は15メートルという。


外の薪をストーブのところに運ぶ。躊躇《ちゅうちょ》していたけど、薪にできると思えば強剪定も怖くない。木が大きくなったら切って使えばいいんだ。循環させることができる。

温泉へ。冬至。今日はゆず湯だった。ゆずと一緒に入る。いい匂い。年々、ゆずの数が減ってきているような。おととしだったか、ものすごい数だったけど。


家に帰って薪に火を入れていたら電話が。

出ると、メールのプロバイダーからだった。

「ああ！」

で、「私が何か間違ったのでしょうか」と聞いたら、「状況を説明します」と言って教えてくれた。私が入っていたプランが11月いっぱいでなくなったこと、その案内を5月から送っていたこと。

「そうだったんですか。すみません。迷惑メールが多くて見ていなかったのかもしれません」と伝えると、「いまならまだ回復できます」と言われたので、「もう新しいメールアドレスを作ってしまったので、もういいです。ありがとうございます」と伝えた。今使っているプロバイダーは別のところで、ここはメールアドレスだけを使っていたのでかえってすっきりした。

12月23日（土）

天気はいいけど…寒い。

何もする気になれなかったけど何かひとつ、と思い無煙炭化器で炭を作ることにした。寒くなったら作ろうと思い続けていたので楽しみ。

底に土を敷いたり、木の枝や段ボールを準備して、よし、と始める。

段ボールに火がついて、枝が燃えだした。どんどん追加する。燃えてる燃えてる。

炎が消えたら蓋《ふた》をする。このまま明日《あした》まで。

私が「もうこれでいい」と決めた、あの鉄の味がしないスプーンだが、使ってみてひとつ使いづらさを発見。私にとってだけど。大きくて持ち手が重いのでいつも使ってる食器に入れると外にカタンと倒れてしまう。むむ。で、今は木のスプーンを使ってることが多い。ほぼそれのみ(笑)。

コタツの定位置に入り込んでたまに振り返って庭を見ると、ねむの木を切った丸太とヒメシャラの株立ちが見える。あの丸太は薪にするためにもう少し小さく切ってもらおう。ヒメシャラは幹の数を減らして上の方をちょっと切り詰めよう…。

温泉に行ったらハタちゃんがいた。

メールアドレスの話をしたら、ハタちゃんも同じだったんだって。案内が来たから操作したら大丈夫だったよって。そうか。

水風呂《みずぶろ》でこれからのこと、食べ物や暮らし方をこうしたいというようなことを話していたら、「それはひとりだからできるのよ」と言われて、本当にそうだなと思った。それは最近、しみじみ思っていたことだった。人ってその時の状況や立場、環境に大きく左右される。私が今、家族と暮らしていたらこんなふうにはできない。

家族がいた時のあの感じ。一緒に生きている感じ。気を遣ったり、助けたり助けられたり。笑ったり。心配したり。いいこともある。いやなこともある。

今は、自分の考えでしたいことだけをしている。そう。何をするか、何ができるかっていうのは状況に左右される。なので、今がどういう状況かというこ

とを考慮して人の話や悩みを聞かなくてはならない。聞けば聞くほど、助言なんて簡単にできないと思わされる。

人は、いる場所が違うと価値観も変わるのでなかなか同意というのができなくなる。長く生きてくると人生初期のみんな一緒に進んでいたような大きな道から分かれて分かれて、それぞれの細い道を進むことになる。で、気の合う人がますますいなくなる。ひとりの道をひた走るしかないんだなというのが今の思い。

新しいパソコンを使い始めたら立ち上がりが速くて気分がいい。パッと出てきて待ち時間がない。余計なメールも来なくなったし、迷惑メールはゼロ。結果オーライでよかったよかった。

12月24日（日）

今日はサントリー将棋オールスター東西対抗戦があるので楽しみ。藤井・羽生《はぶ》戦はラスト。

今年もあと少し。

来年の生き方、すごし方を考えてみた。

騒がしかった心を落ち着けて、この生活をもっとしっくり心に定着させよう。そうすると外のことがますます気にならなくなる気がする。そういう生き方を望んでいたはずなのにいざそれに近づきそうになるとなぜかとまどう。

方向はわかってるんだけど踏み出すのに時間がかかるんだなあ。

まあ、ゆっくり進もう。


今日はいい天気。

炭ができているか見てみよう。

できてた！　サクサク、軽く、小ぶりのいい感じの炭だ。これを庭や畑で使おう。

畑で白菜の霜よけを外していたら道から話し声が。

セッセとしげちゃんだった。散歩に来たんだ。しげちゃんが畑の野菜を見て、「よくできてるわね〜」といつも言うことをまた言ってる。しばらく日向《ひなた》ぼっこ。

「いちじくの隣にスモモを2本植えたんだよ」と見せたら、「間隔が狭すぎない？」としげちゃん。

「そうなの。最初もっと狭かったんだけどこれでも広げたの。でもまだ狭いかも…」

1メートルぐらいしかない。

「小さく仕立てるつもりだから」

晴れてきた。厚着していたので暑くて汗が出る。

将棋が始まるまで庭の木の剪定《せんてい》を少し。トウカエデの硬い枝を三脚に乗って一生懸命切っていたら大きな枝が3本、下の隣の敷地に落ちていった。きゃあ。高枝切りバサミを持ってきて塀越しに取ろうとしたけど届かなかった。今度、隣の人がいたら取ってもらおう。と思ったけど、塀の外に出て再度挑戦。高枝切りバサミを駆使して拾い上げる。

午後から将棋を見る。トークショーが素朴でおもしろかった。

渡辺九段をみると反射的に似顔絵を描いてしまう。

毎月頼んでいるスパークリングワインの箱に店長さんからお客様へのプレゼント、ルルドの泉のメダイが入っていた。小さなチャームみたいなの。うれしい。両手を合わせた絵がいいね。

来年やりたいことを具体的に思いついた。

ずっと考えていて、いつかやりたいと思っていたことだ。背骨の動きをスムーズにする練習。そうすることで肋骨《ろっこつ》の開きと反り腰も改善される。私は背骨が硬くて、よくジムでやらされた背骨をひとつずつ倒していくエクササイズができない。それを練習したい。

あとは興味のある分野の探究とか…。とにかく引きこもって世の中の情報から離れたいみたいな気持ちがズンズン強まってる。

12月25日（月）

薪ストーブの熾火《おきび》に入れておいた焼き芋。今回はアルミホイルに包まずにそのまま入れたら焦げができていてわりとよかった。だんだん理想に近づいてきている。

今日から掃除。１週間かけてゆっくりやる予定。

注文していたものが次々と届く。蜜《みつ》リンゴ、ウニ、いくら、裁ちばさみ。いらない服を小さく切るためのいい裁ちばさみがほしくて貝印のにした。すごくよく切れそう。試しに切ってみた。すごくよく切れた。

掃除を少しした。曇っていて寒い。買い物してから温泉に行こう。

夜。そういえば薪ストーブの中に入れる鉄の五徳を買ったんだけど、どこだっけ…と真っ暗な中、物置小屋に行って捜す。あったあった。ずっしりと重く頑丈な四角い五徳。上でピザも焼けそう。そこに大きなさつま芋を3個、載せて眠る。

12月26日（火）

すぐにストーブの中の焼き芋をチェック。かなり焦げていたけど私の好きな焼き芋に近い。焦げた皮の下がキャラメル色で半透明。もう少しだ。これで焦げを少なくできれば。

12月27日（水）

今日は井上尚弥《いのうえなおや》のボクシングの試合。あいかわらずきれいな顔のまま勝ってた。

歯根治療2回目。細い針ブラシのようなので奥深くまでシャッシャッと掃除する感触がわかった。「どうかうまくやってね！」と心で祈るような気持ち。また薬を詰めて終了。

帰りに野菜市場に寄る。丸いおもちがあったのでお雑煮用に買ったけど、よく見ると真っ白じゃなくて茶色い点々が入ってる。売り場にあった全部がそうだった。それが気になった。

サウナで水玉さんにその点々の話をする。もち米で作るんだから真っ白のはずだよね。

うーん。今後ほかのお店で見かけたら観察してみよう。

12月28日（木）

年末なので、思いついたことをゆるゆるやりながらのんびりすごす。

天気もいい。

ひとつだけ仕事をした。エアコンの室外機や灯油タンクなどをきれいに拭《ふ》くこと。緑色のコケが生えていて、ずっと掃除したいと思っていたのだ。

やってスッキリ。

12月29日（金）

マット類を洗濯して干す。

今日は今年最後の買い物。全部で7カ所を回った。ガソリンも入れた。

もちを見かけるたびにじっと見てみた。真っ白のもあれば、小さな黒い点が入っているのもあった。でも私の買ったものほど点々がたくさん入っているのはなかった。気にしすぎだろうか。ふたたびそのもちを買った店に行ったのでまた見てみる。知ってる温泉で作っているもちだった。あまり気にするのはよそう。

庭の作業を軽くやってから畑に夕食用の野菜を採りに行って帰ってきたら、いつものヤマトのお兄ちゃんが荷物を届けに来た。

「いそがしいでしょう?」とねぎらったら、「おせち料理がすごいです。あさってまでは地獄ですね」と笑ってた。

椒房庵《しょぼうあん》の辛子明太子を注文したら茅乃舎《かやのや》の野菜だしがおまけについていて、チラシに「最初の1袋はペペロンチーノでぜひお試しください」と書いてあった。よし。そうしよう。写真と同じように作って、食べる前に写真を撮った。黄身を上に載せたのをくずしてしまったけど、くずす前に撮ればよかった…と後悔。

いろいろと毎日毎日、考えている。

来年は人里離れた気持ちで過ごす。家にこもって興味あることを研究する。楽しみ。

12月30日（土）

曇り空の下。庭をゆるゆる散歩しながら思った。

生まれてから今年で63年。まだ先は長い。本当に人生の流れは遅いと思う。

この人生が終わるまでに次は何があるのか、何を思うのか。私は死んでもそのあとがあると思っているので、そこが待ち遠しいけど、今はここでやるべきことがある。

生きることを味わうこと。広く、というのはもういいので、これからは深く。

庭石の隙間に分け入るような心境だ。


今日と明日《あした》でやることは、黒豆を煮る、数の子の塩抜き、牡蠣《かき》のオイル漬けを作る。

で、昨日から水につけていた黒豆を煮始めたらいきなりほとんどの皮がぶわっと破れて上に浮かび上がってきた。きゃあ～。怖い。

残念。一気にやる気をなくした…。

とりあえずしばらく煮て柔らかくなったけど、これは違う。間違ったんだ。もしかすると豆の種類が違うのかも。どんどん崩れていくのでもうあきらめて、軽く潰《つぶ》して冷凍庫へ。わずかに皮がついていた20個ほどの豆をよけておく。それも黒ではなく赤茶色っぽい。

やる気ないまま夕方へ。

温泉は混んでそうだから今日からしばらく行かない。

HPのトップページの写真を新しくする打ち合わせ。HPももうなくそうと思ったけど思い直してとりあえず維持することにした。新刊案内だけ更新を続けよう。

外は灰色。

12月31日（日）

今日はいい天気。

数の子を水から出して味見。塩抜きをしすぎると苦みが出ると書いてあった。なんだか苦い気がする。あわてて水を流して漬けだれを作る。

次は牡蠣のオイル漬け。作って瓶に詰める。でもなんだか牡蠣が白っぽくて味がついてないような気がして、もう一度瓶から取り出して茶色くなるまで煮詰める。今度はよくなった。

夜にABEMAの将棋チャンネルで藤井八冠の特番があったので見る。こぢんまりとしたほほえましいトーク番組だった。

1月

2024年1月1日（月）

お正月。

私は年が新しくなるのは好きだけどお正月は好きじゃない。毎年、お正月の「明けましておめでとうございます。」をできるだけ聞かないように、言わなくてすむように、かなり工夫している。

お正月というか…行事が苦手で、年中行事に巻き込まれるとドッと疲れるのだ。なので世間の情報をシャットアウトして静かに過ごせる今は気が楽。

外は晴れて青空。

寒くない。

すがすがしい。

年が新しくなるのが好きなのは、もう昨日までが過去になって、遠くに遠くに行った気になるから。

過去のいやなことが薄くなる…と思う。

今年はどんどん自分の世界を固める年にしたい。そうしたらどんな気持ちになるだろう。

世の中が大変なことになる、なると言われているけどまだなかなかならない。それをあてにしてのんびりしてるんだけど（もうじたばたしても無駄だと思い）。

午後、空港へカーカとサクを迎えに行く。同じ飛行機なのでよかった。お迎えが一度ですむ。

空港に近づいたら駐車場に入る車が長い列になっていた。まずい。しかたなく空港から離れると、臨時駐車場があったのでそこでしばらく待機。

着いたというラインがあったのでピックアップしにいく。すると、車が列になっていてピクリとも動かない。あまりにも動かないのでおかしいと思ってレーンを変更したら、なんと停車中の車の後ろで待っていたのだった。前に3台の車が停車していた。停車するならハザードランプをつけてほしかったわ。私の後ろにも車が並んでいた。みんなじっと停まっている車の後ろで待っていたという…。

そういうこともあり、どうにかふたりをピックアップして高速道路に入る。

時刻は4時ちょいすぎ。するとナビの画面から突然の警告。

「津波注意報、津波注意報、逃げてください！」と何度も言っている。

なに？

能登で地震だって。そこからはずっと地震や津波の警報を聞きながら走る。

家に帰ってすぐにニュースを見る。

いろいろ買っておいたお刺身や鍋《なべ》を食べる。おいしいもの（まぐろ）とおいしくないもの（うなぎ）があった。子持ち甘エビは食べづらかった。殻をむくのが。

庭のゆり根でアヒージョをまた作ったけど、うーん、なんかやっぱり苦みがある。

もう食べるのはやめよう。

1月2日（火）

セッセとしげちゃんがふたりにお年玉を持ってきてくれた。いつものように短く話す。

午後、ふたりが都城《みやこのじょう》市のマンガ倉庫に行くというので考えた末、私も一緒に行くことにした。

ガチャガチャを2回やってみた。ピクミンとパンどろぼう。ピクミンはシール2枚、パンどろぼうは200円でアメ1個だったので、もうやる気をなくす。

で、私は車の中で本を読みながら待つことにした。

すごく天気がよくて車の中が暑かったので、ドアを薄く開けておいた。それに気づいた脇を通る子供が「ドアが開いてる」と言った。お父さんがチラッとこっちを見た。


それから遅いお昼を食べに人気のトマトラーメンのお店に行く。

2時半ごろだったけど結構並んでいた。30分ほど待って入る。私はトマトラーメンを食べるのは初めて。ひそかにうれしい。

そしたらとてもおいしかった。あっさりしていて食後にいやな感じがしない。豚骨なんかのラーメンを食べたあとに重たく感じることがあるけど、それがなかった。

これはまた食べたい。


それからイオンに行って炊飯器を買った。今使ってる炊飯器は発酵なんとかができる炊飯器でどうもおいしく炊けないのだ。すぐにご飯が黄色くなったり硬くなったりする。それをカーカに指摘されたので、もう普通のでいいから違うのを買いたいと思い、手軽なのを買った。お正月だったせいか、いろいろおまけをもらった。

帰るころには暗くなっていた。

夜は鍋の残りで雑炊。カーカは友達と居酒屋へ。

1月3日（水）

今日は前々から予約していた「界《かい》 霧島《きりしま》」に宿泊。いつも予約でいっぱいなので今回は去年の8月に予約しておいたのだ。楽しみ…。

午後から出発して、3時過ぎに到着した。端っこのいい部屋にしたらガラス張りの寝転がるスペースがあってそこがよかった。窓から桜島《さくらじま》が見えた。

さっそくスロープカーに乗って温泉へ。薄暗い浴場と眺めのいい露天風呂《ぶろ》だった。

夕食は黒豚しゃぶしゃぶのついた会席料理。焼酎《しょうちゅう》のカップリングを注文した。ゆっくり静かに食べることができてよかった。

夜は眠れなくてずっとスイカゲーム。カーカも前の日が遅くて昼過ぎまで寝ていたのでほとんど起きていたみたい。

大浴場が建物の中になくて離れた場所にあるところがマイナスポイントかな。

1月4日（木）

ゆっくり朝食を食べて、お昼の12時にチェックアウト。

霧島《きりしま》神宮の前の道が渋滞していたのでUターンして高原方面から帰ることにした。

御池《みいけ》、霧島東神社《きりしまひがし》による。カーカは最近御朱印を集めるのが趣味だそうで買って喜んでいた。私の好きな石彫りの不動明王像を見せる。

「カーカに似てるでしょう?」


それからりんごあめの店に行ってりんごあめを買って、すぐ近くの霧島岑神社《きりしまみね》をお参りしてから淡水魚水族館へ。水槽の水のせいか空気がなまあたたかくもわっとしていた。


そして最後にみんな大好きなチキン南蛮を食べに行く。

すると、出てきたチキンがとても硬い。ナイフで何度切っても切れないほど。ふたりはそうでもないようで私だけ。

私だけものすごく硬かった…。はずれだ。悲しい。硬い硬いチキン南蛮。

帰りの車の中でしばらくそのことを言い続ける。


カーカが夜の飛行機で帰るので、サクに運転してもらってみんなで行く。

8時50分発の最終便。

2日の羽田《はねだ》の事故の影響で今日も欠航便が出ていた。昼間に何度か確認したけど、とりあえず大丈夫そうだった。

が、行く途中にメールが来て、2時間遅延する、とのこと。着くのは12時過ぎになる。

それだと電車がなくて家に帰れないらしい。

どうしよう。

どうする？

明日《あした》から仕事だって。

とりあえず空港に向かおう。

途中、クルクル頭を回して、ふたりでいろいろと対策を考えた。

遠いけどタクシーで帰る、羽田の近くのホテルに泊まる、鹿児島《かごしま》空港のホテルに泊まって明日の朝帰る、など。

空港は人でごったがえしていた。

JALのカウンターにしばらく並んで待つ。

順番が来た！

明日の空席があるかどうか、をまず聞いた。

明日は満席とのこと。

電光掲示板を見るとカーカの乗る飛行機のひとつ前の飛行機が2時間40分の遅れとなっていて、まだ出発していない。その便の空席はありますか？　と聞いたら、満席で3名の方がキャンセル待ちをしています、という。

遅延によって家に帰れなくなった場合、1万5千円を上限に交通費が出ますということだったので、とりあえずその便のキャンセル待ちをすることにした。それがダメだったらもともとの便に乗ってタクシーで帰るということに。

騒がしかったのでしばらく駐車場の車の中で待機して、時間になったのでカーカは空港へと歩いて行った。

私たちはそこから帰宅。

それにしてもJALのカウンターの女性の対応には感動した。遅延対応などでたぶんすごく疲れていらっしゃると思うのだが…。

高速を走っていたら、カーカから「席が取れた」とラインが。

よかった！

行けるところまで電車に乗って、そのあとはタクシーを使ったという報告。

「遠いところまでだったので助かりました」ってタクシーのおじさんができるかぎりの割引をしてくれたって。あら。よかったね。

今日はいろいろあって疲れた。

1月5日(金)

今日、サクは熊本に釣りに行くというので、私はのんびり。

夜、帰ってきた。

結局釣りはしなくて、八代《やつしろ》のマンガ倉庫が閉店セールだったのでいろいろ買ったそう。ピクミンのガチャガチャがあったと喜んでる。なんか重いPCの機械も買ってた。

1月6日(土)

サクは今日帰るので、昨日のPCの機械を梱包《こんぽう》して送る。

空港に送りがてら温泉に入って、前にも行った牛タン定食のお店で夕食。

出ると外は真っ暗。

空港まで送って、家に帰る。今日から始まるABEMAの地域対抗戦の番組を見る。

1月7日(日)

今日から王将戦。藤井王将対菅井《すがい》八段。

無料のを見たら解説がなくて全然わからず、ほとんど見ていなかった。

明日からは有料の解説ありのを見よう。

ずっと家でゆっくりしていた。掃除機をかけたりしながら。

途中、庭を何回も歩いた。


将棋が終わったころ、YouTubeで我那覇真子さんがみんなで映画「THEY LIVE」を見ましょう、というのをやっていたので私もレンタルして一緒に見る。昔のだった。サングラスをかけたら洗脳集団の真実が見えるというような内容の映画だった。

1月8日（月）

将棋2日目。今日は解説ありで見たのでわかりやすかった。

昼にベーコンとごぼうのカルボナーラを作る。たくさん作ったらおなか一杯になってコタツで昼寝。ごぼうっておいしい。たま〜にしか食べないのでいっそう。

私が外で買う野菜はごぼうと玉ねぎ。玉ねぎは自分でも作るけど、いつもあまりよくできないので時々買っている。


藤井王将の勝ち。

今年になってまたまた気持ちが変化した。

ますます世間と離れて自分の世界の研究に突き進みたい。

私はひとりになった時がいちばん強い。

自分ひとりでならすぐにライフスタイルを変更して次に行ける。

1月9日（火）

いい天気。

手帳も新しくした。今年は大きさを間違えずに買えました。白に金の模様のにしたの。新しい手帳に新しいパソコン。

今日からのんびり。

当分ゆっくりしよう。

たまにやってるnoteの音声ブログ「静けさのほとり」で新年最初のメッセージ。

できるだけ
目の前の
できるだけ
小さいことに
集中して、
その小さな輪っかを
つなぐように
すごす

最近あった心境の変化と、できるだけ目の前のできるだけ小さなことに集中してひとつひとつの輪っかをつなぐように過ごしていきたいと伝える。

段ボールや本を結ぶときに便利な、ほどけない結び方「かます結び」を覚えた！すぐに忘れるかも…。

もっと簡単なのを見つけた。ゆるく結んだあと段ボールの端を切り取って紐《ひも》に絡ませてクルクル回してポンと叩《たた》いて固定するというやり方。覚えていたらやってみよう。とはいえ、段ボールをまとめるような作業は数か月に1度あるかないか。ほどけない結び方を覚える必要はないかもしれない。

1月10日（水）

歯の治療。歯根に神経の代わりになるという薬を詰める。今日が治療のいちばんのピークだそう。確かに根の奥深くにぐいぐい詰める時、初めて痛みを感じた。あとはどこまでこの歯が持つかだが、やるだけやってもらったので満足。

終わってスッキリした気分でいつものようにスーパーへ。今日は買うものはあまりなかった。

外は青空。

いい天気で暑いぐらい。

しばらくのんびりすごすつもりなので家でゆっくりする。

こののどかさをじっくりと味わいたい。

1月11日（木）

今日も家にいる。

庭の木の剪定《せんてい》を少しやった。静かで、私の心を邪魔するものもなく、気分が沈むこともない。たいへん穏やか。

人形にちなんだ映画「バービー」と「ミーガン」を見る。「バービー」は意外にも社会的な映画だった。「ミーガン」はとてもおもしろかった。ミーガンが魅力的で。

1月12日（金）

朝から敷石の上の草整理。伸びている草を刈り取って小石などをほうきで掃く。スッキリとなった。この作業は草の刈れた冬の季節ならでは。

今日はこのあと読書をする予定。今、イーロン・マスクの公式伝記を読んでいる。なかなか進まないけど。

自分の世界に引きこもって過ごすことにしたので毎日行っていた温泉にも行ってない。ひとりでやるオリジナルの修行ツアーに参加している気分だ。じんわり楽しい。時空を超えた思考実験という感じ。

1月13日（土）

晴れて、やけに空が青い。

午後、ちょっと買い物へ。

その途中に温泉に寄って最近来ないわけを言おうと思ったら受付に誰もいなかった。押しボタンがあって、「御用のある方はこれを押してください」と書いてあった。

うーん。押して呼ぶほどではないよね…。

で、しばらく迷ったけどそこを離れた。

ドラッグストアで備蓄用に地元の安い水（2リットル×6本で354円）を2箱買ったら、なんと他に二人の方が同じ水を買っていた。彼らも備蓄か？

私は地震のニュースを見すぎてなんとなくふらふらと。

家に帰って、格安白ワインを飲みながら、好きなYouTube動画を聞きながら、庭をぶらぶら散歩。いい気分。

あちらこちらの木を見て、これからするべき剪定を考える。

左手の中指が腫《は》れている。少し前に小さな棘《とげ》が刺さってとれなくなったのが原因か。ぎゅっと握れない。

この格安白ワインは合わないかも。頭がうっすら痛くなった。

1月14日（日）

今日は朝日杯将棋オープン戦本戦トーナメント。午前・午後の対局を見ながらすごす。

昨日の夜中に指がどんどん痛くなって、曲げるのも難しくなった。棘だと思ったけど違ったりして。

畑に出て白菜を採る。ブロッコリーとキャベツもでき始めた。芽キャベツもやっと大きくなってきた。菌ちゃん畝、すごい。

夕方、2週間以上ぶりに温泉へ。

するとと、最近温泉のお湯に泥が混ざっているという。昨日が最高だったって。お風《ふ》呂《ろ》の床を手で触ると鼠色の粘土のようなものがたまっている。ものすごく細かい泥。

「これ、泥パックみたいだね」

そう。みんな顔に塗ってたって。

私も少し塗ってみる。

鹿児島の南の方の島が噴火してるし、この周辺の火山活動も活発になっているのかも。ううむ。

温泉の中で指を動かしていたらだんだん動くようになってきた。腫れのピークが過ぎたか。

ひさしぶりに温泉で人々と話をして、このあいだまでの自分との違いがはっきりとわかった。だれともしゃべってなかったので自分らしさが強くなっていたのだ。以前の調子で話をしながら、こんなこと話してたんだなあ、なんかもう違うな、と心の中の自分が思った。やっぱり今は人と会わない生活の方がしっくりくる。

1月15日（月）

夜明け前、雨が降っていたようだ。

指の腫れが引いてきてる。よかった。

焼き芋の好きな焼き方がだいたい決まった。

薪《まき》がほぼ燃えて熾火《おきび》になったころ、五徳の上にさつま芋をそのまま置く。オレンジ色の熱い炭からは数センチ離して。すると数時間後にはちょうどいい感じに焼けている。表面は部分的に黒く焦げているけど中はカラメル色。

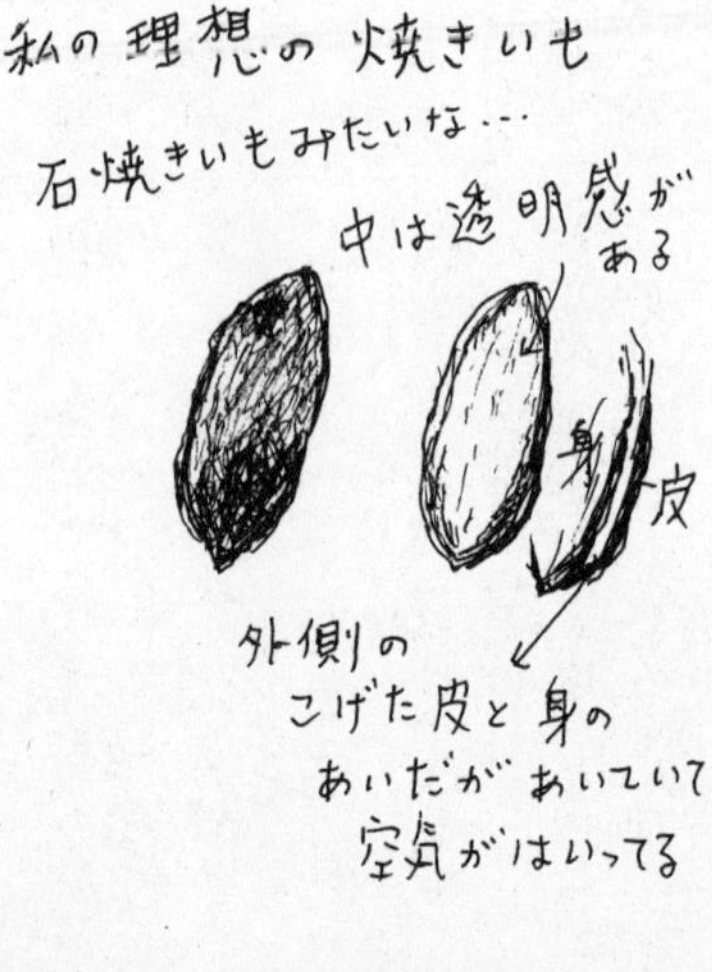
私の理想の焼きいも
石焼きいもみたいな…
中は透明感がある
身
皮
外側のこげた皮と身のあいだがあいていて空気がはいってる

今週は金曜日まで特にしなければいけないことがない。なので直感に従ってすごそう。直感をできるだけ邪魔しないようにしてみよう。

映画はデヴィッド・フィンチャー監督の「ザ・キラー」。静かな感じでよかった。

1月16日（火）

畑で畝の補修。庭で剪定。

ある動画を見ていたら、後ろの棚にかっこいい豹《ひょう》の置物を飾っているのがチラッと見えた。

私も急に何か動物の置物が欲しくなった。私だったら何だろう。

うーん。鷲《わし》かも。できれば実物大の木彫りのがいいなあ。

探したけどこれというのがない。木彫りの鷲の置物はたくさんあったけどどれも翼を大きく広げて、「どや！」ってのばかり。私がほしいのは高い木の枝に静かにとまっているような鷲。翼を閉じてスーッと遠くを見ている。

さらに探し続けて、ちょっといいなと思うのを見つけた。大きさは20センチほどと小さいけどいちばんイメージに近い。しばらく考えて購入。

届くの、楽しみ。

途中、探しても思ったようなのがないので、自分で彫ろうかなと思ったほど。木彫りの鷲を家にある木の切り株に置いて、昼夜、見たり撫《な》でたりしたい…。

そういえば隣町では木をチェーンソーで削って作る置物作りが盛んだ。いつか聞いてみようかな。鷲を作れないか。

今、動画で鷲をじっくり見てみました。そうしたらあまりにも険しい雰囲気だったので、すぐに「やっぱり大きいのはいらない」と思い直しました。20センチの木彫りでいい。それぐらいがいいわ。

1月17日（水）

今日もいい天気。

庭の作業を少ししたら暑くなったので上着を脱ぐ。

ジャノヒゲの実が葉の下にたくさん隠れていたので表面にずらりとひっぱり出してみた。きれいな青い実。一見すると緑一色なのにその下にこんなにあったとは。


今週のテーマは「のんびり」。来週は「自由」。

とても穏やかな気持ち。


もう来た！　木彫りの鷲。

いい感じ。オジロワシだそう。

よく見ると造形的に気になる部分もあるけど、おおむねとても素敵。

猛禽類《もうきんるい》が好きなコレクターの方から譲っていただいた。大事にします。飽きるまで毎日触ろう。

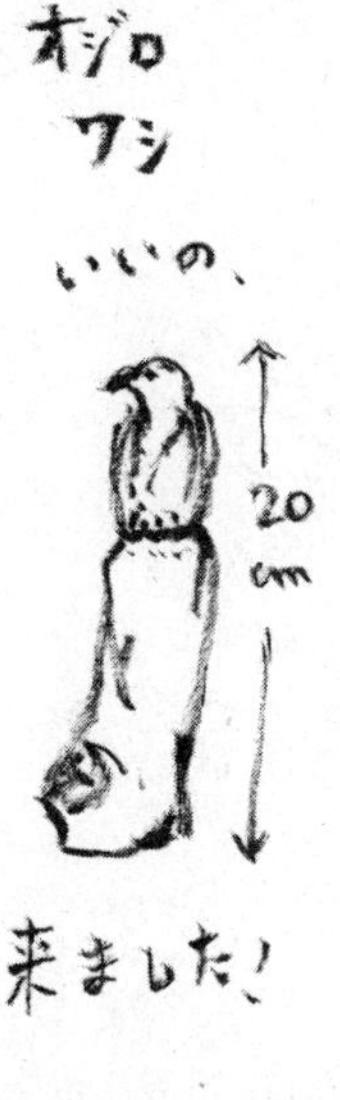

夜ごはんに肉団子鍋《なべ》を作ろうとしていて、ささがきゴボウを電子レンジで下調理したら、しまった！　レンジ用の蓋《ふた》がぴったりとくっついてとれなくなった。冷めるとますますとれなくなる。どうしよう。蓋がみるみる縮んでいく。怖い。

考えた末、鍋に薄く水を張って皿ごと入れて温めた。じっと見つめる。

しばらくしたらパカッととれた。よかった〜。数年に1回、こういうことがある。

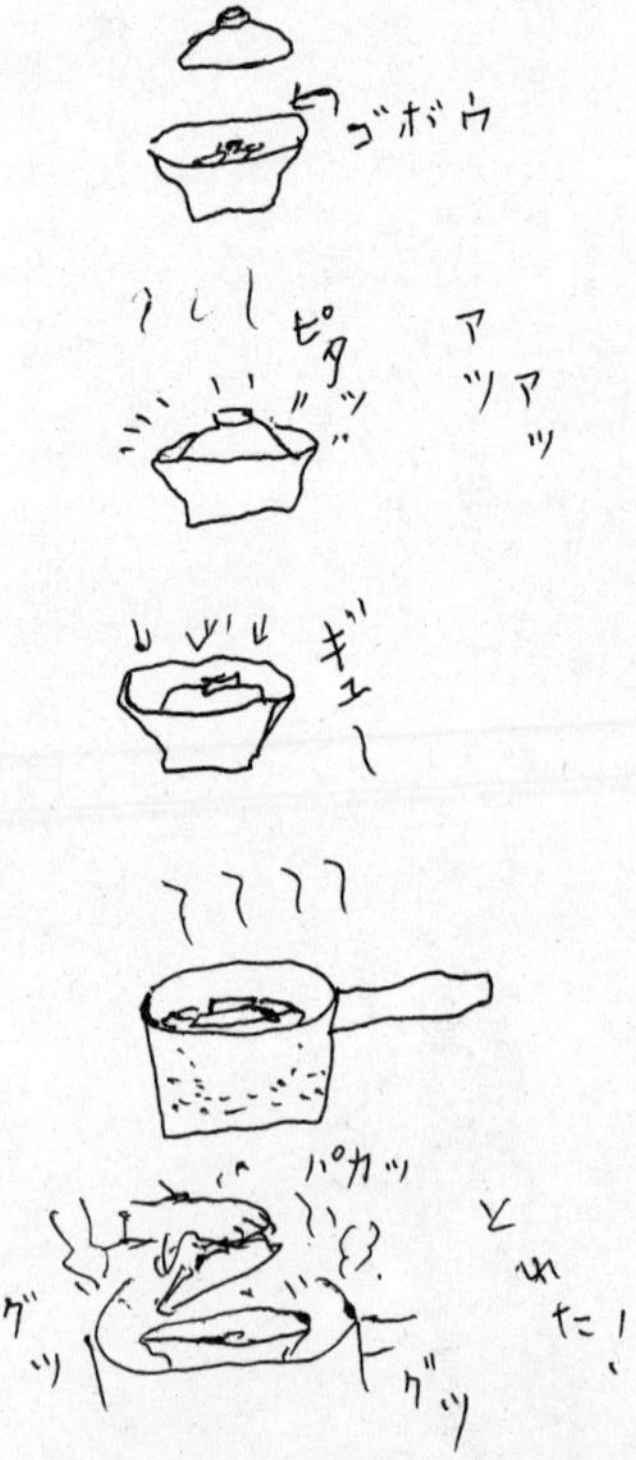

1月18日（木）

朝、燃えるごみを出しに行ったら、プラ袋が脇に置かれていた。だれか曜日を間違って出したのかな、ふふ。うっかりさんか。

まさか私じゃないよね…と思ってチラッとみたら2日前に出した私のだった。

えっ？　どうして？　なにか間違ったか。

見ると紙が貼ってあって、「間違えてます」と。発泡スチロールに印がついていた。

そうか…。梱包《こんぽう》用の発泡スチロールは燃えるゴミなのか…。今まではどっちかな？　と思うものは調べながら入れていたけど、今回は調べなかったからなあ。

トボトボと持って帰ってきて発泡スチロールを袋から取り出す。見るとその発泡スチロールにはプラのマークがついている。けど、ここではプラに入れてはいけないんだね。覚えておこう。

今日は曇り。

今日も家でのんびり。

無為に過ごすことを悪いと思わず最高にだらだらと過ごそう。

1月19日（金）

今日はふと目に入った玄関わきのモッコウバラの枝を整理する。幹の表面のカサカサになってる皮もはいだ。ペリペリと大きくはがれておもしろかった。

夜。ジェフリー・エプスタインのドキュメンタリードラマの1話を見る。ううむ。

1月20日（土）

今日から王将戦第2局。場所は佐賀県。

オジロワシを傍らにパソコンで観戦。

途中途中、剪定《せんてい》ばさみ片手に庭に出て、気になる枝をパチパチ。

1月21日（日）

将棋は藤井王将の勝ち。1日目から形勢がよく、そのままどんどん差が開いていってた。

夜。エプスタインのドラマを見終える。気分が沈んだ。もうこういうタイプのドラマを見るのはやめよう。

紙にチェックしている映画がたくさんたまってる。ひとつずつ冒頭を見て、見る見ないを決めていこう。だいたい最初の空気感で好きな映画かどうかはわかる。

1月22日（月）

曇り。

今日はまだいいけど明日《あした》から気温がぐっと下がる。明日の最高気温は3度の予報。

剪定で、どうしたらいいかずっと迷っている木が何本かあった。強剪定しようと思うのだけどどのあたりから切ればいいのだろう。ここか、あそこか。それともまだもう少し様子を見るか。木をバッサリ切るのはかなり勇気がいる。

なので毎日、庭を歩くたびにそれらの木をじっと見ていた。日に何回も、それを何日も繰り返した。

そうしたらだんだん、こういう感じにしようかなというふうに考えがまとまってきた。最初はまったく手も足も出ない、という感じだったけど。

そうか、迷ったらこんなふうに何度も何度も見ればいいんだなと思った。

そうすればいつかひらめきが訪れる。

あきらめというか、いらないものがわかるというか。

剪定に限らず、迷うことに関しては、わかるようになるまで見続けるのも大事。

家にいて、人に会わず、心底好きなように過ごすことにしてからとても楽しい。やりたいことはあるけど急ぐことはない。ゆっくりやればいいや。ぽわーんとした空気の中にゆらゆらと漂っている感じ。

時間を気にしないと、時間が早くたつとか、時間が過ぎるのが遅いとかも思わない。そうか時間はひとりでいる時は必要ないんだ。時間が必要なのは、ゴミ出しの時間とか、歯医者の予約とか、外の社会との約束を守る時。

1月23日（火）

今日は歯医者の日。外の気温は確かに低い。でも覚悟していたので淡々と出発。雪がチラついている。

今日はかぶせ物の土台作り。1時間ほどかかった。

じっと椅子に座って言われるままに口を開けたり閉じたりして治療されているあいだ、いつもすごいなあと感心してしまう。削る時の水を出す管、その水を吸い出す管などいくつもの器具が入り、口の中は小さな工事現場のよう。テキパキと指示する声を聞きながら、作業の様子を想像している私。

次回はかたどり。

終わって、ホッとした気持ちで買いものへ。しばらく外に出なくていいように食材を購入。卵や肉など。


今日の最高気温は2度だったそう。

夜、ジョニー・デップの離婚訴訟のドキュメンタリーを見る。3話あるうちの1話。これはまだ見ていて楽しい。若いころの相手の女優さんがきれいなので。


私は人の心をあおったり感情を操作しようとするものが嫌い。

人々が感情的になって何かをあがめるところや、誰かが熱心に人の心を自分の思うままに動かそうとするところを見ると冷ややかな気持ちになってしまう。

熱い社会活動、政治的運動、販売欲、商売欲、権力欲、スターへの憧《あこが》れ…。いろんなところでそれは見られる。

1月24日（水）

朝起きて、ブラインドを開けようとしたらなぜか外に白いものが見える。

もしや？

やはり。雪が積もっていた。

わあ。外に出て庭を一周する。いつもと違う景色で新鮮。

不思議だ。ない。

ない、ない、ない。カリグラフィーペンがない。たしかおとといぐらいに買って、使って、どこかに仕舞ったはず。今描いているイラストに使おうと思って捜しているけど、どこを捜してもない。もう2時間も捜してる。

確かここに、と思った机の上や、色鉛筆や絵の具を置いている棚、引き出しを何度も捜した。本棚やリビングも捜した。なのに、ない。

こんなふうに物がなくなることは私にはよくあって、ほとんどがやがて出てくる。

今すぐに使いたいけど、しょうがないのであきらめてしばらくほっとこう。

幻冬舎から「おまもり」の感想の手紙が転送されてきた。こんなふうに思ってもらえたらいいなという内容だったので、よかった。私がこの本を作ってみて思ったことは、人はだれでも身の回りにおまもりのようなもの、自分を守ってくれるものを置いている、見つけているということだった。それらに見守られている。

それが伝えたかったことだったんだ。


カリグラフィーペン。もう2回捜して、やっぱり見つからなくて、そして考えてみたけど、今回はペンを使わずにやってみようと思い直す。

活字でやろう。かえってその方がいいかもと急に思えてきた。

この思考の転換がいいところ。


ジョニー・デップのドキュメンタリーを見終えたけど、特におもしろくはなかった。

あーあ。何かいい映画を見たいわ。

1月25日（木）

今日は晴れている。青空。

大根とかぶの中間みたいなのが大きくなっている。直径10センチ以上はあるかも。

4本引き抜いて切り干し大根を作ることにした。皮をむいて、鬼おろし用のおろし器でガシガシ削っていたら、勢い余って指を切る。

あーあ。ケガした。絆創膏《ばんそうこう》を貼って、続きを削る。

3段の干し網大小、竹ざる大中小の計5つ分。午前中はそれで終わった。結構時間がかかった。もう切り干し大根はこれでいいかなあ。そんなに好きってわけじゃないしね。残りの大根は…、どうしよう。ちょびちょび食べるか。

お正月にカーカたちと泊まった旅館で、夜、9時過ぎにロビーでスタッフによる舞と太鼓があった。晩御飯を食べたあとに部屋でうたたねしてて、直前にハッと目覚めて見に行く。カーカはソファで寝ていたので「行かないの？」と声を掛けたら、「うん」というのでサクとふたりで見に行った。

終わって帰ってきたらカーカが怒っていた。行きたかったんだって。

「え？　だって、行かないの？　って聞いたら、うんって」

「寝ぼけてたんだよ。どうして起こしてくれなかったの？」

「ええ〜」

そうだったんだ。知らなかった。しばらく機嫌が悪かったカーカ。

…というのをときどき思い出す。

そういえば、水の話。

先日、4つの水のどれがいいかを試した。

水道水、簡易浄水器の水、霧島の湧き水、備前焼の水がめに備長炭《びんちょうたん》を入れたもの。

備前焼の水に期待していたけど、飲んでみたらなんだか変な味がした。炭を日光消毒したりいろいろやったんだけどなあ。もしかするとやり方がうまくなかったのかも。それに、ちゃんと維持管理するのは面倒くさがりの私には難しいと思い、やはり今までのように簡易浄水器でいいやという結論に。

1月26日（金）

今日も快晴。

そして今日はランチの約束。おとといろいろ手伝ってもらったまよちゃんたちと3人で。お礼に「いつかランチに行こう」と言っていたのがやっと今日、実現。

車の中は陽が射してとても暑かった。

目的のお店は、ニゲラさんに教えてもらって一度行きたいと思っていたカフェ。道に迷いながらたどり着く。外から見たらただの大きな倉庫だけど、中に入ると高い天井からテントが吊《つ》るされていて素敵。

メニューは週替わりのサンドイッチをメインにしたプレートランチ。

本日のサンドイッチは厚焼き玉子サンドだった。ああ…、玉子サンドはそれほど好きじゃないなあと思いつつ、全部おいしく食べる。里芋のスープがおいしかった。デザートにイチゴのフレッシュタルト。

するとこの店を教えてくれたニゲラさんと店内でバッタリ。すごい偶然。

1月27日（土）

今日から王将戦、第3局。
立会人は福崎文吾《ふくさきぶんご》九段だ。うれしい。
途中、おやつの食レポがあった。そのインタビューの中でおもしろかったところ。
旅館のマッサージチェアに座りながら。
福崎「僕、昔、変人奇人って言われてたけど、最近、少なくなったね」
インタビュアーの女性「今はなんと言われるんですか？」
福崎「今はただ黙ってる。理解できへんのやろな」
女性「アハハ」
福崎「ただただ黙ってる」
女性「アハハ」
福崎「わかる？」
女性「はい」
福崎九段の話し方がおもしろくて3回も見直した。私も一緒に笑っちゃった。

将棋は藤井王将がやや優勢で1日目が終わる。

武田先生が「僕は特攻になれなかった…」と泣いていた。

1月28日（日）

台所の窓から見える物置小屋の前に、何かが落ちてる。

もしや！

（3メートル？　すぐ目の前なのに）双眼鏡をパッと取りに行ってじっくり見てみたら、やはり…鳥だった。またガラスにぶつかって失神してるか死んでいるのだろう。

ああ。大きさからしてムクドリのようだ。

大根を薄くスライスしてお酢と砂糖と昆布茶で無限漬物ができるというので私も作ってみた。すると、お酢が苦手な私にはやっぱり酸っぱい。漬物は全般的に苦手。

鳥はまだ同じ場所に。ということは…。

将棋は藤井王将の勝ち。これで3連勝。菅井八段は終始浮かない表情だった。完敗、とみんなが評していた。

夜、映画「アクリモニー」を見る。おもしろい心理サスペンスかと思いきや、わりと単純でガクリ。でも最後まで見たということは興味が途切れなかったということ。

1月29日（月）

いい天気。

昨日は夜中の2時に目が覚めて眠れなくなり、お腹もすいてきたのでマフィンを食べたり焼酎《しょうちゅう》のお湯割りを飲んだりしながら4時まで起きていた。そのあとも寝たり起きたりを繰り返す。そして夢も見た。飛行機の時間が迫っているのにパッキングしていない大量の荷物があるという夢。ああ苦しかった。

鳥はまだ同じ場所に…。近づけない。庭を散歩している時に目に入り、ビクリとして離れた。

キャベツがだんだん巻いてきた。もう食べてもいいころ。

ひとつ採ってきて焼きそばを作る。作る前に葉っぱを千切って食べてみたら、甘くて柔らかくてすごくおいしかった。

今日から仕事をしようと思ったけど、心の準備をしているあいだに時間が過ぎてしまった。

1月30日（火）

朝起きて、窓の外にあの鳥が見えた。

どうしよう…。前に鳥が死んでた時は、しばらくしたらなくなっていた。たぶん獣か猫が持って行ったのだと思う。今回も…、と思っていたけどまだあるということは通路に張った網のために獣たちは入って来れないのかも。

私がどうにかしなくては。庭に穴を掘って埋めようか。でもそれもちょっと怖い。そっとつかんでゴミ袋に入れて燃えるゴミに捨てようかな。

そうしよう。

覚悟して、手袋をはめて、段ボールに入っていた大きなクシャクシャの白い紙を2重にして鳥をこわごわつかむ。つかめたか。クシャクシャの紙越しなので手ごたえはない。そおっと持ち上げて2、3歩進んだところで、ポトッと鳥が落ちた。

ギャア〜！

思わず小さな叫び声が出た。

あわてて、ふたたび拾い上げて、ガレージまで持っていく。ゴミ袋に入れて、見えないように厳重に包み込む。

ハアハア。

物置小屋に戻って、対策を考える。もうこんなことがおきないように。

たぶん、手前と奥に窓があるからトンネルのように見えて、鳥が通り抜けようとするのだろう。奥の窓に、そこにあった段ボールを立てかけてできるだけふさぐ。それから手前の入り口の前、雨どいの金具に鳥よけの金と銀のテープを張り渡してみた。これならいいだろう。

家に入って台所の窓から見ると、その金と銀のテープがあまりにもキラキラ反射してまぶしい。これでは私の気分に影響が。

で、張り渡すのではなく、1本だけ下げることにした。風になびいてひらひらキラキラ。これならいいかな。

朝食。キャベツを千切りにしてシーチキン玉子サラダを作る。キャベツがふうわり。
今日はがんばって仕事をしよう。次のつれづれの原稿読み返し。
いつもの、分割してひとかたまりずつやっていくやり方。
ひとかたまりやり終えて、ふう、とひと休み。
庭に出てぷらぷら歩きだしたら、なんと！
去年の場所付近にビー助。
ゆるく丸まってのんびりねころんでる。
また？
もう？
たぶん去年私がやさしくしたから。
ここにいていいんだと思ってるんだ。安心してる。
いや〜。蛇が好きなわけじゃないんだけど。
同じやつかな。蛇の寿命って？

調べました。10年以上だって。

ああ…、これからもずっと？

夕方、竜王就位式の生中継を見る。渋谷《しぶや》のセルリアンタワー東急ホテルの宴会場。たくさんの人と何度も写真撮影があって、藤井竜王、お疲れさま。まだか、まだあるのか、と思うほど多くの写真撮影。でもこれがあっての将棋界だと思うと納得せざるを得ない。乾杯の合図に、私も一緒に乾杯する。

そのあと、晩御飯を作りながらトヨタ会長の新ビジョン説明会の生中継を引き続き見た。詳しくは聞いていなくて、なんとなくただようムードを感じながら。

一番印象に残ったのは、最後の質疑応答で会長が「あとふたり。その人とその人」と指示していたところ。その言い方が、さすが、という感じだった。何がと聞かれるとうまく言えないが、的確で無駄がなく、ちゃんと見ている、聞いている、という気がした。

1月31日（水）

雨が降っている。傘をさして庭を散歩。

大根のいい調理法を思い出した！
大根餅《もち》。もちもちしてておいしい。あれだったらまた違う気持ちでたくさん食べられそう。

仕事の続き。
休み休みやる。
雨が止んだので庭に出たらビー助がきのうの場所の近くに！
そうか…冬眠から目覚めたんだね。これからいつもそのあたりにいるんだろうね。
うれしいような悲しいような。

ひとりの道《みち》をひた走《はし》る

つれづれノート㊺

銀色夏生《ぎんいろなつを》

令和6年 4月25日　初版発行

発行者●山下直久

発行●株式会社KADOKAWA
〒102-8177　東京都千代田区富士見2-13-3
電話　0570-002-301（ナビダイヤル）

角川文庫 24132

印刷所●株式会社暁印刷
製本所●本間製本株式会社

表紙画●和田三造

●お問い合わせ
https://www.kadokawa.co.jp/（「お問い合わせ」へお進みください）
※内容によっては、お答えできない場合があります。
※サポートは日本国内のみとさせていただきます。
※Japanese text only

ISBN 978-4-04-114111-3　C0195

◇◇◇

角川文庫発刊に際して

角川源義

第二次世界大戦の敗北は、軍事力の敗北であった以上に、私たちの若い文化力の敗退であった。私たちの文化が戦争に対して如何に無力であり、単なるあだ花に過ぎなかったかを、私たちは身を以て体験し痛感した。西洋近代文化の摂取にとって、明治以後八十年の歳月は決して短かすぎたとは言えない。にもかかわらず、近代文化の伝統を確立し、自由な批判と柔軟な良識に富む文化層として自らを形成することに私たちは失敗して来た。そしてこれは、各層への文化の普及滲透を任務とする出版人の責任でもあった。

一九四五年以来、私たちは再び振出しに戻り、第一歩から踏み出すことを余儀なくされた。これは大きな不幸ではあるが、反面、これまでの混沌・未熟・歪曲の中にあった我が国の文化に秩序と確たる基礎を齎らすためには絶好の機会でもある。角川書店は、このような祖国の文化的危機にあたり、微力をも顧みず再建の礎石たるべき抱負と決意とをもって出発したが、ここに創立以来の念願を果すべく角川文庫を発刊する。これまで刊行されたあらゆる全集叢書文庫類の長所と短所とを検討し、古今東西の不朽の典籍を、良心的編集のもとに、廉価に、そして書架にふさわしい美本として、多くのひとびとに提供しようとする。しかし私たちは徒らに百科全書的な知識のジレッタントを作ることを目的とせず、あくまで祖国の文化に秩序と再建への道を示し、この文庫を角川書店の栄ある事業として、今後永久に継続発展せしめ、学芸と教養との殿堂として大成せんことを期したい。多くの読書子の愛情ある忠言と支持とによって、この希望と抱負とを完遂せしめられんことを願う。

一九四九年五月三日

ISBN978-4-04-114105-2

インドの聖地タワンへ
瞑想ツアー

この旅はまるで
幻の仲間たちと夢の中を
漂っていたかのよう
現実を超えたところを
心はふわっと
旅していたのかもしれません

ISBN978-4-04-102593-2

バルセロナ・パリ母《はは》娘《こ》旅

食べた、飲んだ、挑戦した……
やっぱり人間は楽しいものだ
旅っていうのは
今の自分を知る時間でもある
バルセロナとパリへ
娘と短い旅行をした時の話

角川文庫　銀色夏生の作品

ISBN978-4-04-100234-6

古都トコトコ記・断食への道

鹿や仏像や古墳を見た奈良
娘カーカと廻った京都
初めての出雲大社
さまざまな場所を通過して
それぞれの場所で思うことあり
まだまだ旅は続く

角川文庫　銀色夏生の作品

ISBN978-4-04-112604-2

自然農1年生
畑は私の魔法のじゅうたん

他人の言うことさえ気にしなければ
人生はいたって幸福だ
ある夜に覚えた孤独感に導かれ
たどり着いた自然農の世界
土を触りながら、草を刈りながら
実感した1年間の記録

角川文庫　銀色夏生の作品